夏夏

傍晚
5:15

目次

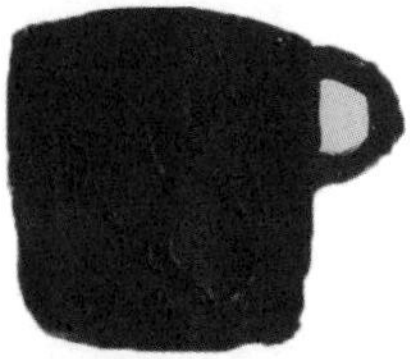

下過雪的隔天，邦迪亞上校和貓聊天。
貓說我沒看過雪，因為我太黑了，上校說那不打緊，踩在雪上的腳印
和誰都一樣
是白的。

三場葬禮和一場（沒有舉行的）婚禮

那一天是勞動節，Y的公司放假，但公家部門照常上班，是一個不用特地請假就能結婚的日子。至於省下來的休假，預備留給哪天父親萬一要緊急送醫時用。

我們早早在行事曆上選了這一天，帶著這場婚姻的見證人——我的父親，三人鑽入臨街攔下的計程車，往仕處最近的戶政事務所出發。

有父親在的時候，Y是沒機會牽著我同行的。他常笑說，我倆的交往約會史，時時刻刻伴隨背景音樂。那是父親一邊走路一邊搖頭晃腦哼著的小調，連Y都學會了，跟著唱。結婚這天，依然如此。

一路上，父親重複問，這是要去哪裡？等終於到達目的地，在門口抽了號碼牌，領過表格，我們和其他民眾坐在長椅上各自懷揣著不同的來意，隨意翻著書報等待。偶爾穿過人群的身影，我和父親的目光對上，會彼此抬抬下巴，意思是我在這裡，這是我們家慣常打招呼的方式。待電腦語音叫到號碼，攙著父親顫著的身軀，扶他坐上櫃檯前的椅子，握起筆，在證書上簽下同樣是顫著字跡的名字。

他問，這是幹麼？

我笑他簽名字前要看仔細，否則一不小心就把女兒賣掉了。

辦事人員問我和Y，生效日期要選哪一天。實在看過太多熬過數十載的婚姻，已然忘卻最初的起點，畢竟生活中的跌宕接踵而來，數也數不清，結婚紀念日這種小事，就算了吧。我跟Y說，未來還有太多大日子，不好記，生效日期就往後延三天，剛好是母親的忌日。我們在表格裡填上一年前的那天。雖然向來不信沖喜這些說法，但此刻卻希望在經歷漫長的磨難後，能用另一個顏色為這一天重新標記。

領過新的身分證，我和Y怯怯地看著對方，隨即便很有默契地照顧起父親。

Y走在前頭，先到另一課詢問申請居家照護事宜，我和父親在後頭踱著。經過連結前棟與後棟的小天井，父親又問，今天是在幹麼。

結婚吶，我答。

沒繼續往下說，我倆停下腳步哭了起來，想著同一人。

拿了說明書，Y回頭找我們，看兩個淚人，便把我們帶到前棟邊上的長椅坐著。正對著長椅的志工阿桑笑嘻嘻對著父親招手說，沒事來量血壓。大概生老病死在已過退休之齡的阿桑眼中都是常事，哭，也是常事，不妨礙量血壓，反正沒事嘛。

回程的計程車上，父親又問，今天是幹麼？證書、簽名、哭泣，已隨車窗外閃向身後的車與街，拋在父親的記憶之外。

進入適婚年齡後，見證過無數場婚禮的繁複，以及繁複如何考驗著兩方家族的耐性。也常聽女性密友大吐苦水談著如何找新娘祕書，試吃飯店何其累人，選婚禮小物且要顧及荷包與創意，為了挑婚紗與蜜月而大吵數回。或者如李欣倫在散文集《以我為器》首篇所寫，「罩上婚紗，身體與衣料隔絕，好像也與世隔絕，既貼近現實，又遠離現實，似遠似近，像一則隱喻。」那樣的不真實。然而許多新人必經的種種考驗，都未在我身上發生，取而代之的是躲也躲不開的寫實場景，始終見不到句號的無限循環，是一個個斗大的粗黑的驚嘆號畫在生活這張捏皺的紙上。取代婚紗款式、眼線口紅指甲油的是，我得每天必須一餐不落地衝回家，替父親準備好吃食，打針、量血糖，伺候梳洗，替他抹上嬰兒油、剪指甲。而Y接起電話，話筒裡不是嬌滴滴的甜言蜜語，經常是我氣急敗壞地叫著，父親又偷吃我藏起來的食物，血糖高得不得了，這下是不是該送醫院了？

而在這之前，則是我們一同經歷的三場葬禮。

前一年的年中是母親葬禮，Y坐鎮接待處，打點我不及照應到的瑣事。半年後，在他祖父的葬禮上，我拿著借來的相機貫穿會場，捕捉一張張哀傷而肅穆的面孔。在這兩場葬禮間摯友的離去，為彷如戰場的生活再次響起一陣喪鐘，我沒力氣與時間去接受這個事實，即使Y陪著我到殯儀館，見到白花簇擁著她的遺照，現實感仍未在心上落實。

再沒有餘力去張羅一場婚禮。

畢竟每日長照所耗費的心力，已將我催逼成鬼怪，更不敢想像要如何應付婚禮上不能理解父親病況的親戚。從前聽說舉辦婚宴，是為了讓兩方家人認識新人，雖然往後再遇見的機會微乎其微，但好歹知道家族中多了此號人物。我倆卻是在兩場葬禮上，未經任何矯飾，認識對方的親友。

結婚登記完，繼續過著日常，傳說中的蜜月旅行當然不可能成行。除非，把父親一起帶去。

過了兩個月，應Y的要求，補辦一場小儀式。

那一天，我先到社區樓下花了一百五十元洗頭，交代設計師把髮尾吹捲，這是時間窘迫下唯一能做的打扮。吹完半邊頭，我打電話給Y，他替父親穿上我事先準備好的衣服，兩人到洗頭店接我。

路上，我惦記著要經過花店取捧花。那是幾天前特地去挑選花種、包裝紙、尺寸，哪怕我從來不信婚禮上接到捧花會帶來喜訊的傳統，但是人到一些重要時刻，卻會願意回頭相信那些迷信，還是想把幸福傳遞給唯一在場的摯友。沒想到老闆居然記錯日期，費了一番工夫確認，我雙手空空回到計程車上，時間越來越趕，只能速速奔往教堂。

我們圍坐一小圈，父親和公婆，還有各自的手足及孩子，神父來到中間。

這是在幹麼呢？父親又問。

噓，不要說話。我不知幾次按捺著父親。

輪到儀式的重頭戲，交換誓言。我和Y各捧著年份久遠的儀式手冊，念誦在家已溫習過的誓詞。是的，就是電影上每個人都聽過不知道幾百回的那段誓詞。而為了避免日後反悔太過，神父早在一個月前就叮嚀我們要細細深思。可是到了臨頭，印在白紙上的字句，唸起來竟像沒有生命的方塊字，我只知道得唸清楚點，別看錯字，卻不確定自己唸了什麼。

儀式結束前，在神父帶領下眾人齊低頭禱告，四周一片安靜。

怎麼大家都睡著了？父親大聲問，笑著。

我假裝也睡了，低頭不語。沒人說話。彷彿童話故事裡被施了法術的城堡，所有人都睡著了，只有父親逃過巫婆的詛咒獨自醒著。

儀式後，兩家人，或者該說是一家人，就近用晚餐。

雖然桌上的每道菜都是我和Y親自點的，為要答謝圍坐在餐桌邊的每一位老小，我卻不記得到底吃下什麼，連味道也嚐不進嘴裡。一餐下來，只是忙著替父親夾菜、剪碎菜葉、擦手擦嘴，最後乾脆放任他用手抓著吃，無力再顧及無謂的形象。反正，已經是一家人了。我安慰自己。

返家，替父親換洗，拖拉了好半天終於讓他睡下。我累得像隻隨時會爆發的惡獸，甩門躲入浴室，蜷在地上亂哭。哭聲暫歇，才發現剛才順手的重擊讓門卡住，開不了。我喊著Y，他默默把我救出，像是什麼也沒發生。我想到事情已經夠多，還要找人來修門，真想再哭一次，但實在累了。

隔日，Y在房裡摸索了一會兒，呆頭呆腦跑來和我說，果真發生奇蹟，廁所的門竟然好了。

有時，回想起我們的婚禮，簡短、深刻，衷心覺得這正是我心目中最完美的婚禮。

有時我累得不知怎麼辦，卻又不敢再弄壞門，替自己找罪受，便趁父親睡著後，要Y唱歌。唱儀式上，我們圍坐時，眾人齊聲清唱的那首。

歌詞寫著，「生活是死亡、是歡笑、是哭泣，生活是愛情、是真誠。」一直唱到我睡著，沒辦法再胡思亂想。

來當祕密證人的那天，川邊擠滿了吉普賽人，水桶一個個打翻，眾人差點大打出手。邦迪亞上校在旁邊隨手翻著過期雜誌，對於似曾相識的景象感到迷惑，一會兒是葬禮，一會兒是婚禮。

他盤算著晚上要打電話給亡妻，告訴她婚禮的喜訊。

邦迪亞上校

一進門，看到父親坐在餐桌前翻閱報紙，他抬頭看我，指了指放在旁邊的一頁說，這上面有妳寫的。

怎麼可能，我說。

我這樣說，是覺得他不可能記得，因為他失智了。這也是我以為從此可以脫離父母過著獨立生活，卻在有一天又重新開始和父親住在一起，一面回味著童年時的生活的原因。

由同名小說改編的電影《我想念我自己》中，家庭與事業皆成功的語言學家愛麗絲因為疾病的緣故開始失去記憶，曾經讓她引以為傲的知識與能力都一點一滴消失，甚至慢慢不記得家人。而另外一部較為驚悚的電影《別相信任何人》則敘述一名女子每天早晨醒來記憶便全部消失，猶如剛誕生的人，只能依賴貼在牆上的便條紙與照片來幫助她想起自己是誰。

這兩者的記憶喪失週期不同，但都能讓觀眾稍微理解到大腦的奧祕。現實生活雖然不像電影如此戲劇化，引發的疾病或許各異，但記憶的缺失確實對生活帶來很大的改變。

每日。

父親到底可以記得多少事情，記得多久以前的事情，是一個謎。通常他都不記得。例如剛才煮了一桌的菜，或是早上才帶他出去玩，等到把桌子收乾淨或者一回到家，他就全部忘了。因為忘了，又反覆問說吃飯了沒，要不要出去走走。

累的時候會感到絕望，因為他的表情看來像是真的很久沒出門吹吹風，是如此的可憐。每回向他解釋已經吃過飯了，或者才剛從外頭回來，他會震驚，過一會兒就搖起頭來直說，腦袋不行了，忘性比記性好。

雖然他什麼都忘了，但又不可思議地從意志幽暗的深處升起強大的動力，反覆地、不知疲倦地說重複的話、問同樣的問題，一模一樣，一字不漏。那些問題銘刻在他的腦海底部，鑿得很深。就連問題的順序都一樣，斷句、發語詞、感嘆都照著神祕的劇本，從頭演一次，再一次，無數次。

雖然早已經知道他接下來要說什麼，卻不能搶話，因為他並不記得自己按著千篇一律的順序吐出話語。如果把要說的話打斷，他會認為我不耐煩而委屈，甚至生氣。我只好順著他的流程跑一遍，而事實上我大多數的時候都極度不耐煩，畢竟這些問題已經問過成千上萬遍。我只是在忍耐，從意志幽暗的深處不斷壓榨出耐心，忍耐著，無數次。

每日。

最折騰的，莫過於工作一天而疲倦不堪時，被重複的問題持續磨損，且要按捺心中的煩厭和怒氣，彷彿被疊上一包包厚重的水泥袋，在已無法再承受的時候，又有更多水泥袋疊上來；也像是我的身體是一個箱子，箱子裡的東西都被拿光，還用湯匙刮了一遍，但是還要再吐出更多東西才能夠應付。那種時候，真想拿斧頭把不管是袋子還是箱子劈碎算了。

我因而戲稱父親是馬奎斯小說《百年孤寂》中的邦迪亞上校。

邦迪亞上校自戰爭中回返馬康多鎮後，晚年足不出戶，鎮日在作坊內熔化金幣，鑄造小金魚。每完成二十五尾後，便再次扔進爐中熔化，重新打造，如此頑固反覆，度過餘生。

唯有藉著這個經典的文學意象將父親的病徵昇華，我才得以在現實中竊取一絲讓精神逃逸的機會。

生病時，會恨他。躺在被窩裡，父親一次次打開房門，喊我該起來了。跟他說我病了，要躺一下，過幾分鐘後他就忘了，又來喊我。反覆。

我只好起來，煮飯給他吃。相比之下，生病微不足道。

過年前，父親只要看了電視，便習慣性地轉頭問我，還有多久過年？我們要去哪裡過年？

自從母親過世後，我也不知道能去哪裡過年。

因為過年的意義好像隨著母親的離開從世間蒸發了，也像冬天的太陽突然間就消失得沒影兒。沒有人告訴我母親不在要如何過年。第一年，我回高雄和父親自己在家，假裝外面沒有過年。

後來，父親來臺北和我住，為了逃避無盡循環的提問，我繼續造假。

吃過晚餐他慣例要看新聞時，就從網路上播放其他月份的新聞，讓過年的氣氛離我們很遠很遠，好避免他再三問我，而我不知道怎麼回答的窘境。

門口本來貼著一張春聯，上面寫著「滿」字，母親叫做阿滿，父親看到那張春聯既想到過年也想到母親。一個禮拜後，那張春聯被我賭氣扔進回收桶。那時候還沒過年。我開始恨過年。

有時候父親彷彿記得抑或活得夠久，身體內部已感知到萬物的週期。就算把電視關掉，播放過期新聞，把春聯扔掉，他還是會看著窗外問，是不是快過年了。我關不掉那個不懈運作的週期。

每日。

我躲進廁所裡，閉目靠在馬桶上，調整呼吸。不久又聽到他的腳步聲，一步步接近，搖晃上鎖的門把。他說，妳出來，我要問妳事情。

夜裡，他起身如廁、喝水，回房前，一定會打開我的房門，偷看我。因為他每次都會記得看我，淺眠的我總是被拖沓的腳步聲吵醒，醒來也只敢躲在被子底下聽。聽他乾澀、沉重的鼻息漸漸靠近房門，門打開，聽他看我的聲音。偶爾他察覺我已醒來，喊著別裝了，我躲在黑暗中又是好氣又是好笑。

有時也在黑蒙蒙的被子裡想起小時候，父親常偷看我和姊姊睡覺，每次都把門開一條小縫，那時候我們總為此生氣。可是現在，當父親睡了後，我也會偷偷打開他房門，看他睡覺。或是，偷看他偷看我睡覺。

每日。

我因為他的遺忘，而徒勞地忙碌。

我們各自演繹著心與亡兩字的不同組合。

當衰「亡」重重壓在「心」口上，大自然所創造的保護機制於是啟動，父親被遺「忘」掌權。此時，再也無法負荷的記憶都遭刪除，生命剩下全然的呼與吸、睡與吃，時間的刻度亦如掌紋般被磨平。

當「心」的一旁總有死「亡」如影般隨侍在側，「忙」亂取代了安寧。時鐘上的每一道刻痕都成了障礙賽需要跨越的關卡，又像是一道道索命符，催促著我的腳步快快快，動作快快快，才能勉強應付父親的需求。

每日。

回到家，打開家門那一刻都像是在開獎。開門前，我希望父親正在睡覺，那麼我就可以稍微喘口氣，再來回應他的需求。但是打開門後，如果他真的在睡覺，又擔心他是不是病著。剛開始，我甚至神經質地懷疑他的呼吸停止，走到床邊探看他的鼻息。從睡夢中迷糊翻身到醒著的邊際，他會問，現在是白天還是晚上？這裡是哪裡？

這裡是哪裡？第一次這樣問，是他中風後睡了兩天醒來。坐上輪椅後，我推他到醫院後面的庭院透透氣，南部的冬陽將掉落一地的葉子曬得酥脆，我們踏著厚厚的葉子到涼亭，撈起一把金黃迎著風撒，天空落下乾爽的雨。那些天，院內許多員工都過年放假，葉子恣意飄落，我一路撿拾形狀特別的葉片。回病房的路上，交代父親慎重地掐在手心，我吃力地推著他上小坡。

鋸齒邊、劍形、扇狀、愛心形的葉子，從護理站借來透氣膠帶一一貼在窗邊，原本窗外只能看到白色磚牆的醫學大樓有了點綴。我以為多出去散步，數葉子，父親會好得快些。誰知損壞的腦部已然無法復原，反倒是我在這些天的撿拾中，深深被陪伴，心中無法察覺的傷處悄悄復原。

父親出院前一天，我因為工作的緣故已經返北。母親替他收拾時，指了滿窗的葉子問要怎麼處理。要帶回去，父親說。他記得那是我撿的。

在我們不覺得他會記得的時候，他又記得了。

不可測的記憶中，母親的形象也跟著染上豐富的色彩。父親出院後，誰都沒想到母親會在半年內驟逝。那三天來得如此突然，結束得如此快，父親全忘了，包括告別式的種種。每當他提起母親，她的樣子會一點一滴改變，那已經不是我所認識真正的母親。但有時也會懷疑，或許那就是母親在他心中真正的樣子。

每日。

他遺落的記憶，彷彿在另一個時空的代換下，都成為我的記憶。

我開始因為記憶過盛而困擾。

在不經意的時候，想要拋卻的氣味、聲響會浮現心頭，想要捨棄的往事會像一隻冰涼的手勒住我。我撿起一片片縷刻著往日時光的殘片，想要拋擲到永無可能復返的深淵，殘片上的一景一幕反而印在手心，抹不去。

每日。

父親到底記得多少事，忘記多少事？因為善忘，猶如樹洞，能將心裡的愁苦擔憂對他傾訴，意外安心。

失智後，是另一個紀元的開端。憂愁的、苦悶的、心事重重的、傷痕累累的、寡言的父親和碎裂的記憶一起消融為無形。想不起來要煩惱什麼，於是想起來如何笑，想起如何說笑。肉體的衰敗，意外地喚回生命。

為此，衷心感謝失智症。

父親失智後，我再也不用害怕他傷心了。

有時候，健忘的是我。當殘破得無以復加，耐性全無的時候，我會忘記他曾經在數不清的日子裡付出更多的耐心，一肩扛起所有的疲倦，卻從來沒有說過什麼。而當我的情緒滿漲，終於大聲吼叫，父親會默默回到房間。這時候我會由衷感謝疾病帶來的健忘，使他過幾分鐘便會把我剛才的無理給拋下，笑咪咪地走來和我說話。

偶爾，會想起。

想起那一次出門走累了，坐在中正紀念堂大廳，我歪頭靠著父親的肩膀竟忍不住打盹。不知睡了多久醒來驚覺還靠在他的肩上，他硬是挺著背，一動不動地讓我倚著。儘管他已忘了身在何處，但憑著父親的本能，他沒忘記提供堅強的臂膀讓孩子歇息。

《我想念我自己》片中，愛麗絲在發病後曾在一次演講中分享：「我要求自己活在當下，而我現在也只能活在當下了」。和父親相伴的日子，日日提醒著我當下如此重要。不問過去，不煩惱未來，專注於眼前的人與事，只有這是真實且唯一能把握的。

後來，父親真的說對了。我雖信不過他的話，還是翻看餐桌上的報紙，上面果真刊登了我寫的字。而他已經忘了報紙和上頭的字，自顧自地坐在沙發上看起電視。

吉普賽人麥奎迪說，「你的夢想太多，命運無法消化，導致血糖太高。」

邦迪亞上校不以為然，仍舊照三餐做著甜甜的夢。

一無所有的自由

「生活方式是無窮的，正像從一個圓心可以畫無窮的半徑。」

——《湖濱散記》

每本書都有適合與它相遇的時機。

第一次離家外出租屋，一個肩背行李袋裝進全部家當，搭上火車，搖搖晃晃到農田環繞的小鎮。鎮上的商店不多，選擇不多，但一有機會，還是會到市中心去逛逛。離開時，行李多了好幾袋。

那段時期，每週末都得搭長途火車，一趟五、六小時的車程，只能靠閱讀打發。也是在那時接觸到美國作家亨利．梭羅所寫的著名散文集《湖濱散記》。

非常討厭。對梭羅的生活方式、態度乃至於理念，皆感到厭惡，甚至生氣的地步。這傢伙未免太自以為是了，那些方法是不可能移植到現代生活的。不禁這麼想著。

第二次離家，行李儘管簡便，仍無法捨下各種雜物。往後隨著每次搬家，物品連同家具，逐樣增加，既不是高級耐用的物件，又不是完好無缺的新品，帶著累贅，棄之可惜，實在讓人苦惱。幾次經驗下來，購物時越來越警覺到居處的侷促，為了換得更寬闊的空間，適時的割捨是必然的。

B遷居南部時，我接手續租她的住處，她留下可用的家具省去搬運。其中一件是母親的鋼琴。繼承了鋼琴，但她並不真的會彈奏，儘管曾學過一陣子，又因為忙碌而停擺。在我入住後，另一位合租的朋友請來調音師整理這架老舊的鋼琴，將琴槌拆卸清理，鋼琴又再次唱起美妙的歌曲。我經常在房裡聽著門外的琴聲如雨，細碎如親暱的私語，溫柔似斜陽，一不小心就滑入夢中，醒來時，琴聲爽朗坦率的迎接。

有一回，B北上借住，終於有機會聽到老鋼琴再度被彈奏，發出愉悅的聲響，令她想起了母親。

輪到我搬離那個充滿琴聲的居所時，我亦留下了帶不走的家具讓朋友續用，物品的生命得以延續。我的朋友多半是慷慨的，因而我得以學習贈予的喜悅。

梭羅在《湖濱散記》中寫下走入森林裡一無所有的生活。若能夠不執著於擁有，所能擁有的將會更多。

一無所有，想是最難的。在物質排山倒海而來的當今處境，物品的使用週期急遽壓縮，抛棄式耗材更是其中最可惡的元凶，人與物的關係只有一次性的過度，未能產生連結的情感。倘若，連日常用品都能隨意捨棄，或者用新品輕易取代，那麼比之更為陌生的自然環境又何以會被珍惜呢？而這些道理想必人人都懂，但要落實卻是難之又難。

再讀《湖濱散記》，時隔多年，雖能夠贊同簡樸生活的理念，但心中總有疑慮。說起來這傢伙不就是遊手好閒的人嗎？既不用工作，也不用養家，所謂的責任都被隔絕在森林之外，但是，人類社會真有可能如此運作嗎？或者這只是少數人才能擁有的特權？

又一次搬家，為了將生病的父親接到身邊一同居住，我奔波在好幾個「家」之間。

打包多年來在外租屋所累積的什物，同時要利用假日回到南部整理雙親住了四十年的老家，再回到新居打點空間擺放。

點與點之間，家與家之間，蟻類般將日用物品搬來搬去。飯杓加起來有五把，鍋子有十只，碗和盤難以計數，書本多到不敢計算，鞋、襪、衣物演變成數量的災難。

能變賣的盡可能清理變賣，能轉贈的竭力找到新主人，無法留用的則分類回收。更不說還有無數生活軌跡遺留下的書信、照片、證件，時光在上面留下紀念的意義，卻在現實中無有實際用處。丟與不丟，這是個大問題。

好不容易將父親和新居都安頓好，接踵而來的是經過十多年後再次與父親同住，生活起居的照護難題。買菜煮飯、打針吃藥、回診、散步等，況且要兼顧工作。生活正在瓦解中，時間已不再屬於自己的，睏倦如影隨形，對不定期的暴躁感到陌生與厭惡，陌生與厭惡則帶來更多的不安。

就算能把多餘的東西丟掉，但心頭的壓力卻無法拋開。結束一天的家事，父親入睡後，經常獨自呆望著窗外哭泣，自問這樣的日子還能撐多久？

因緣際會下，第三次重讀《湖濱散記》。儘管前兩次的閱讀經驗充滿質疑，我仍好奇這本在湖畔寫下的日記隨筆為何能獲得這麼多人的肯定。「我希望每個人都能非常小心的去發現並遵循『他自己的』生活方式，而不是他父親的，或他母親的，或他鄰居的。」梭羅所提倡的生活，若說是背離文明走入自然，不如說是一種自由的生活。而這份自由是奠基於清醒的抉擇，不為了積攢過多的財富或是為了向世人無謂的證明自己，是靈性上真正的覺醒，彷彿在霧中尋找到心靈的湖泊，在澄淨的湖面中映照出自己的靈魂。

梭羅從各種層面來論證這種自由的可能性與可行性，舉凡居住、食物、閱讀、勞動，都能找出共同的路徑走向可貴的真實。「我們每天應當從遠處回家，從冒險，從危機，從新發現，帶著新的經驗與性格回家。」在一團混亂中，梭羅的文字毫不留情戳破某些絆住我的謊言。如此說來，哪怕我們無法決定居住的地點與條件，但我們永遠能決定將心靈安居在何處。而唯有心靈得到妥善的安居後，力量才能油然生發。

「已經沒有什麼不能丟掉了。」母親去世後，父親感嘆道，「連媽媽都搞丟了。」

生病、喪妻，老之降臨，父親用垂老的生命告訴我何謂「真實」。因為忙碌，時間越來越有限，重要的事情得以凸顯：早晨的閱讀時光、片刻的獨處、減少不必要的應酬、和家人相處、與老朋友久違的交談，「如果人自己親手去蓋自己的住處，親手單純而又誠實的供應自己和家人食物，誰又知道詩的機能不能普遍發達起，像鳥類的歌唱一樣呢？」特別是煮食在這當中成為每日可經手的創造，經歷從無到有的喜悅。一日的工作結束後聚集在餐桌邊，成為重要的儀式。而精心的時刻，便是詩。

梭羅在兩個世紀前提出的理念在任何時代無疑都是過於理想化的，但透過他在湖濱的嘗試與紀錄，為我們留下「另一種生活」的可能性。而保留這種可能性，是讓生命再度恢復轉圜的彈性與機能的方式。

如今我仍渴望一無所有。或許這份渴望本身便展示了人性共有的矛盾。只要身處在現代社會中，機械化之後的數位化便利，讓一無所有的機會幾乎絕無可能，反而為了擁有太多帶來的煩惱；並且因為被過度充塞，反倒陷於一無所有的迷惑。那時候我會沿著文字的森林，再次回到華爾登湖畔的小屋，靜靜凝視心之居所，想起梭羅所言，「把一天的質地加以改變，這乃是至高的藝術。」

啤酒

搭上「通往成人世界的電梯」，門開啟後，看見的會是什麼？

這是日本啤酒公司Sapporo自二〇一〇年起所拍攝的一系列廣告，由甜死人都不過分的暖男演員妻夫木聰代言，搭上電梯，拜訪儼然已成為大叔的名人，例如身兼導演與演員的北野武、竹中直人，或職業棒球選手黑田博樹等。在短短的影片中，幾個專屬於成人的提問與回答，既好笑又寫實，讓人回味無窮。

可惜的是，現實世界中並沒有這樣一座電梯，而所謂的長大也無法預測。長大的那一天，往往猶如卡夫卡的小說《變形記》那樣，一覺醒來變身成不明所以的他人，隨著一夜之間被悄悄賦予的新形貌，衍生出新的觀點與想法，激烈一些的，甚至會認不出鏡中的自己。

做孩子的時候，「長大」這兩個字是極具魔力的，每當大人滿臉笑容誇讚說「長大了」，心中不由得洋洋得意，雖然明明搞不清楚自己做對了什麼；相反的，當大人提高嗓音說「長大了還這樣」、「怎麼還長不大」，每個孩子都懂得那語氣中夾帶的貶義。

長大最具辨識性的門檻有幾個，例如要上小學的那一天。姊姊的孩子再過幾個月要入學，每回提起這件事，那孩子從雀躍到害羞的心情千迴百轉，有時還迫不及待套上新制服炫耀一番。

能夠自己梳洗穿衣，自己過馬路，自己去商店買東西，自己搭車出門……不用靠旁人協助，自己完成，是象徵長大的一道道階段。每個階段後面緊接著是新的挑戰，長大的路程似乎沒有終點。當大人在餐桌上喝酒，偶爾打趣地分給孩子一小口，哪怕只是沾著一點點，就足以向人炫耀自己喝過酒，長大了。

至於初嚐酒精是什麼時候，我已經記不太得了。以我而言，啤酒是最常接觸到的，它在酒類中味道和價格都極富親切感，和食物的搭配性高，正餐或消夜都能來上一杯，締造輕鬆歡愉的氣氛。

也曾在朋友失戀時，大夥嚷嚷著來喝酒啦，但始終未達爛醉的消沉，湊熱鬧的意味則更濃郁。表面上是藉酒裝瘋，實則是裝大人。彷彿酒精能將眼前的小苦小悶昇華成一股飽經世事的惆悵，為自己不爭氣的眼淚脫罪。

那時，啤酒終究還是屬於特殊時刻的，無論喜慶或悲傷，那短暫的高舉酒杯是日常的小擱淺。酒味散去後，生活還是飲茶居多。

無奈幾年前體質改變後，午後飲茶居然開始造成夜間失眠，只好尋找無咖啡因的飲品代替。當然，偶爾也喝點啤酒。這幾年，從獨立啤酒品牌首先帶動風潮，研發臺灣水果口味啤酒，隨後經典大廠牌也陸續推出各種口味的啤酒，日系與韓系酒類更在包裝上展現細膩的設計感，讓啤酒擺脫豪邁的形象，成功打入女性為主的消費市場。到便利商店時，總會忍不住瀏覽酒架，若是推出季節限定或新商品，更要試試看。

父親直到中風前，每逢在快炒店與親友聚餐，定要叫一瓶啤酒，把握難得的酒伴。不記得是哪一年開始，我面前的酒杯順勢被倒上，也就喝了，那一刻沒有預期中「長大」的喜悅，反而是偽裝在變形臉孔下的真實面貌被父母窺見而感到尷尬。

將病後的父親接來同住後，幾乎每天下廚準備三餐，手忙腳亂一陣，坐上餐桌，便想來杯冰透的啤酒，慰勞自己的辛勞。那一刻，父親總會快活地驚呼，有啤酒吶。

我、Y與父親三人共飲一小瓶啤酒，開動前先斟滿小杯互道，辛苦了。父親特別愛用力碰杯子，聲音響亮。用餐間，一次次小口添酒，再三乾杯，沒有應酬的氣氛，而是一家人真摯情感的交流。邊吃飯邊聊起姊姊的孩子就要上小學，我和父親不約而同說，上學的第一天就是要哭，多難得的機會，不哭太可惜了。

每天，珍惜那一瓶酒的時間，家人坐在一起，分享一天的點點滴滴。我們是彼此的酒伴。

我曾經以為倒啤酒時表層浮著的白色泡沫應該越少越好，並且也真的練就倒出幾乎沒泡沫的啤酒。後來聽經營酒館的朋友分享才知道，啤酒上層的泡沫能隔絕空氣，減緩啤酒變苦的速度。倒酒的時候，一開始要平緩入杯，但最後三分之一的啤酒則迅速灌入，製造綿密的泡沫，才能倒出好的比例。

如果說長大代表可以光明正大買酒來喝，那麼在我心中「通往成人世界的電梯」應該有一層樓是抵達「能夠獨自喝酒並感到自在」的年紀。

在能夠自己完成許多事情後，我又增添了一項喜歡自己喝酒的興趣。聽著剛倒出來的啤酒泡泡滋滋作響，那一層如甜蜜生活的幻影散發白色的誘人溫柔，然而在那之下則是微苦的真實人生。

泡沫不久後就會消失，酒中的苦則隨時間釋放更多。為了品嚐最新鮮的一刻，就得趁著苦樂摻雜時，毫不猶豫，大口喝下。

黑輪

關於高雄黑輪，我有些執著。

小時候，每到傍晚，會有「賣黑輪的」腳踏車攤子騎進我家巷子，攤子上一邊是烤爐，上頭烤的是香腸和黑輪，一邊是湯鍋，裡頭滿是吸附濃郁高湯的黑輪、米血、蘿蔔、貢丸等。

這兩種黑輪，形狀不同，都叫黑輪，也可稱作甜不辣，但從來沒有人搞錯過。

用烤的，是圓片狀，用煮的，是不規則條狀。烤黑輪，重點在薄。夠薄，才能烤得酥，夠酥，才會香，這道理我們從小就懂。湯黑輪的重點在軟Q，吃的時候要沾醬油膏和甜辣醬，吃完後還要狠狠喝個兩碗湯才過癮。這類的攤子，我們統稱「賣黑輪的」。

去到鹽酥雞攤子，黑輪三片十元，這講的仍是圓片狀黑輪，下鍋油炸前，老闆亂切幾刀，起鍋後，片片條條都酥脆，好吃。另有一種黑輪是長方體狀，老闆再次舉刀亂切成小塊，撒上胡椒鹽，美味。在老闆口中，只有「這種」和「那種」的分別。

童年歲月進入尾聲後，偶然北上，第一次聽到「天婦羅」這個稱呼。天婦羅狀似圓片黑輪，但是肥厚，也許更有咬勁，但酥脆卻被取代。至於高雄鹽酥雞攤子上會有的「黑輪」，卻不見蹤影。臺北朋友說，天婦羅就是黑輪，但在我心中，它們頂多是遠房，絕不是兄弟。要我來分，高雄黑輪就像曝曬過港都豔陽後的高雄人，色澤略顯焦褐，北部黑輪則像長久待在室內的都會人，較顯白嫩。前者適宜刷醬油烤，後者適宜放高湯裡熬。

後來，專賣「關東煮」店家日漸崛起，連小7都賣起了關東煮，內容就和童年傍晚騎進巷子的那個攤子上賣的一樣，可味道大大不同。大概是出於機器量產的關係，爐子裡的魚漿製品形狀也工整許多。整體而言，黑輪的口感乃至於醬料的味道，都傾向日式風味，即使撒了再多胡椒粉，懷念的臺式風味還是無法喚回。偶爾人在江湖身不由己，會屈服地吃下天婦羅，卻始終無法把它稱為黑輪。

開始下廚後，流連於市場超市間，總難見到心儀的高雄黑輪，反倒是發現這類魚漿加工品的價格已不如記憶中廉價。賣場裡最常和火鍋料放在一起的條狀甜不辣，長度如手指般，那又是另一個派別。去到韓國料理店時，這種手指甜不辣會和泡菜、海帶等涼拌小菜一起端上。

而這幾年，高雄因應大環境趨勢，有些鹽酥雞攤子上開始供應兩種黑輪，一種是北部常見黑輪，一種則是高雄人慣吃的黑輪。至於「賣黑輪的」攤子上，還是堅守高雄黑輪的口味，令人欣慰。專賣烤黑輪的攤子則發展出加大尺寸的黑輪，每一片都超過巴掌大，霸氣十足。

想吃黑輪的意念常沒來由的冒出心頭，特別是用烤的薄片黑輪，甚至還想過從高雄買了拎上臺北。終於有一回赴基隆，經仁愛市場見到各色漁獲，港都魂頓時發動，連吃三家海鮮。回程，帶上一袋的牛蒡天婦羅。

好不容易到手的寶物，也管不了是天婦羅還是黑輪了，一到家就直接送烤箱裡。摻了牛蒡，更顯肥碩，但色澤接近褐色，這是讓我心動的原因。烤的過程中要勤於翻面，還要耐心等待，小火慢烤只見顏色轉深，直到逼近焦黑前一刻，黑輪呈現最是酥脆的巔峰，每一片都像是電流竄過般滋滋作響，那是好吃的聲音。這時候就要快手快腳淋醬油膏、撒白胡椒，然後快快吃。一口咬下最脆爽的瞬間，嚮往已久的內心終於稍得安慰。

我喊父親也快吃，他問這是什麼。

天婦羅，我答。

他露出疑惑，我趕緊說，是黑輪。

是黑輪啊。父親親切地呼喚熟悉的名字，隨即張口咬下。

今天早上起床，記憶的行列行經五歲的馬康多鎮，邦迪亞上校想起他來臺灣前曾住在四川，兵荒馬亂中，媽媽在那裡生下弟弟。

可能是因為和他一樣老扣扣的弟弟昨天帶他出去玩，讓他的記憶洪流沖破堤岸，突然轉向近七十年前。

也可能是因為小女兒賴床，一直喊不起來，他一個瞬間脫口而出了四川話，讓他想起五歲前的記憶。由於他從沒提過這事，賴床的小女兒趕快爬起來聽四川四川什麼的。

於是，他今早是四川人，說了很多四川話。

#邦迪亞上校到底還有多少記憶沒拆箱？

竹筍湯

夏天是吃竹筍的好季節，涼筍沙拉一口氣能吃掉一盤，竹筍湯的鮮甜則是我從小到大的最愛，吃滷肉飯時必定要點一盤滷筍絲。母親知道我愛吃筍，上菜時總推到我面前，或者多盛一碗給我。

離家後，筍湯不如餛飩湯、貢丸湯常見，在小吃店打發一頓晚餐時，除非荷包充裕，否則很難點上一盤涼筍。只能眼巴巴盯著筍子，卻點了地瓜葉。

有一回，大中午走在街上，被賣筍的男子喚住，他身邊還蹲著面容憔悴的妻子，妻子懷中有筍一般裹著的嬰孩，不知道是被熱得發呆還是正在熟睡。男子對著我好不容易停下的腳步直推銷腳邊堆成小山的竹筍，褐色的筍皮還不如他的膚色黝黑。但那時候多半外食，不常開伙，實在沒把握料理。男子自告奮勇幫我揀了最小的一支，手腳俐落地剝皮，用彎彎的刀將根部較粗的部分削去，筍子瞬間從不起眼的棕褐色搖身一變如同他那白嫩嫩的嬰孩。我隨意喊了價，付過錢，便傻愣愣地拎著生平第一次買的竹筍回家。

竹筍湯想來不難，嚐過的不外乎是清湯加筍片，喝來鹹中帶甜，甜後有甘，在舌尖久久停留。即便是夏天裡熱騰騰地喝，也不覺得膩或燥，反倒因竹之味有清新感。於是我七手八腳在廚房裡剁起竹筍，依著記憶中喝到的切成一片片，水滾後丟入湯中，加點鹽。竹筍的香氣不負期望，很快便隨著蒸騰的熱氣飄出，許久沒喝筍湯的心情便更加期待。盛到湯碗裡，等不及放涼，便嘟著嘴巴湊近碗邊，小口啜飲起來。

不料，漫在嘴裡的不是熟悉的鮮甜，而是苦澀味。我不甘心地繼續喝，怎知餘熱漸漸退去後，苦味更盛，而鹹味則成為詭異的搭配，不知是否失望之情使然，不久後便泛起一陣酸。

我捺著性子喝了兩碗，其餘的只能作罷，看著徒有筍湯形貌的鍋裡，清澈而冷卻的湯汁彷彿在嘲笑我的無知，小看了做湯的道理。不只如此，晚間，喉嚨漸漸感到如砂紙摩擦般的刺痛，越是吞嚥越感到緊鎖。難道是竹筍湯的復仇嗎？我回想從小到大喝過的湯，不記得母親曾說過竹筍會這樣殺喉嚨，否則連吃鳳梨都怕痛的我，是絕對不敢這樣大肆喝下的。那次之後，再看到賣竹筍的攤販，即便想念那股鮮味，也不敢輕易停下腳步。

今年夏天，想是多煮了幾次飯，壯了膽，看到成堆的竹筍，又起了喝湯的念頭。頭幾回我仍下不了決心，摸了幾把後，還是乖乖買了旁邊的冬瓜回家燉排骨湯。幾次後，禁不住誘惑，才挑了一支不大不小的竹筍結帳。

這次我記取了之前的教訓，不敢大意，慎重地查了又查煮湯祕訣。將竹筍切片後，從冷水開始煮起，直到水滾為止不能掀鍋蓋，據說如此才能煮出甜味。經過這番悉心料理，應該能杜絕苦味吧。

Y一回家，我便喜孜孜宣布今晚有好湯。我等不及吃飯菜，就先舀了一碗竹筍湯。不會吧，還是有些苦。Y和父親從容吃完飯菜後，喝了湯，Y連聲安慰道，還是很好喝。父親則是繼續大口牛飲，說道，可以喝就行了。有這兩位吃什麼都不挑嘴的死忠樁腳，湯鍋一會兒就見底。

但我還是苦惱，如何才能煮出甜甜的竹筍湯？

過幾天，Y分享他查到的祕方，在湯裡放生米粒一起煮。既然正值竹筍產季，價格也不高，那就再買一支回家試試吧。投入生米粒，從冷水煮起，起火後趕快蓋緊鍋蓋，一個步驟也不差地守在鍋旁。這一次甜度明顯提升了，但隱約的苦味仍舊不散，像是襯在背景中揮之不去的苦情音樂，始終繚繞。湯中的米飯吸取了大半的苦味，吃起來更是苦不堪言，認命的Y都吃下去了，只能默默感激他的忠心與好胃口。

難道是火候掌握不佳？還是米粒放得不夠？筍子挑得不好？

經過兩次失敗的嘗試，心中挑戰慾望已被挑起，趁著竹筍仍舊價格低廉，決定再戰一次。

選了比以往大支的竹筍，盤算著一次煮半條，失敗了就隔日再煮半條。若是成功，另外半條則做竹筍飯。有此決心，一定勝利在望。

切筍的時候，父親踱到廚房裡來，我隨口問他，竹筍湯要怎麼煮才不苦。父親笑答，再煮一次。

是了，怎麼早先都沒想到這個方法呢？順手上網查了一下，發現這也是許多人推薦的方法。

於是我用冷水煮筍，水滾後，將水倒掉，又將筍子洗濯一番，去苦。之後才重新備一鍋水，再次以冷水開始煮起，放入米粒，蓋緊鍋蓋。咕嚕咕嚕的沸騰聲隨著香氣縈繞在廚房裡，掀開鍋蓋，撒鹽。搶先試了一口，不苦了。父親和Y則無論是苦是甜，每每吃得極香。

此後我牢記這個法子。第一次苦，就再來一次，第二次就沒這麼苦了。

夜市

每到星期二傍晚，巷子裡陸陸續續搭起攤販，入夜後，由各色商家串起來的簡易招牌和燈泡從巷頭到巷尾，閃閃發亮。那是我有記憶以來，每週最期待的一樁大事。

中南部的夜市多半以祕密集會的方式進行，有別於觀光夜市，多用臺語喚為「商展」。只有住在當地的居民才知道某天某夜在某街舉行，起點與結束沒有明確的標示，開始與結束的時間也相當隨興，也往往沒有名字。因為在各地行之有年，是鄉里間的默契，因此不會有任何的宣傳或告示。每個攤商設攤位置似乎早已談定，巷口是賣玉米的，緊接著是蟑螂屋的攤子和鐘錶攤，再過去一些賣棉被床單枕頭竹蓆，另外一邊則賣內衣內褲胸罩⋯⋯。誰家賣什麼都是固定的，鮮少有重複，自然不用扯著喉嚨搶客人，每個頭家都備有一張躺椅坐在載貨用的小貨車和攤子中間，翹著腳，悠閒地等顧客詢價。頭家和客人都穿著簡便，趿著拖鞋，一副從家門口不小心便走到這裡來的模樣。

我家這邊的夜市是以鳳山香火鼎盛的開漳聖王廟為中心，從街口進入，步行到燒酒螺的攤車，轉個彎進到廟前廣場，只見牛排、蚵仔煎大方排起一長列桌椅，熟練的小夥子一口氣端了三四個鐵板穿梭在座位間，卻因為空間廣闊而不顯忙碌，大夥一面啜飲剛買到的冰涼冷飲等待餐點上桌。另外一頭是套圈圈、打彈珠、賓果遊戲等，陳列獎品的陣勢比遊戲本身還精彩，用玩偶疊成的高塔或是飲料糖果搭出一面牆，遠遠地吸引人停下腳步。我特別愛玩打彈珠，但技術奇差，差不多每次都只拿到兩顆牛奶糖，最好的成績不過是蘆筍汁一瓶，還曾經把彈珠打飛了怕被罵而不敢吭聲，等在一旁的老闆和母親聊天聊夠了，才轉頭過來發現我悶坐在矮凳上。

童年時，每回家裡有東西壞掉或缺少，母親一律答，星期二再買。舉凡廚房用品、勞作用的材料、鞋襪等，母親全在這條夜市買齊，夜市沒賣的東西，就代表是用不上的，想都別想要買。若星期二光顧著吃喝玩樂忘了買，就等下一個星期二再買，即使過年期間，這條夜市也沒失約過，照常營業。

平常在家表現得好，就能在夜市玩上一圈小火車，還給麥芽糖吃，如果不乖，就不給買雞蛋糕。遇到要吃喜酒，便喜孜孜牽著母親的手去挑蕾絲小洋裝，老闆娘光用眼力就能丈量尺寸，從來不用試穿。當然，母親會刻意幫我們挑大一號，希望能讓衣服穿久一點。

青春期時，開始拿著零用錢去買偶像專輯、髮飾別針，也會被母親拎著去買內衣，滿臉尷尬地讓老闆娘和母親對自己的身材品頭論足，擔心住在附近的男同學經過會看到自己的糗態。一個夜市，如同一座攤平的百貨公司，價格卻相對低廉，支撐起好幾個鄰里的吃喝穿戴用。

這幾年，還發展出大型充氣滑梯城堡，占據半座停車場，做爸媽的只要付一個銅板就能讓孩子進去發瘋似地撒野，自個兒坐在入口的小板凳吃零嘴聊天。有時候也放電影，神明和鄉親同樂，雖然熱鬧，卻不至於嘈雜到擾人的地步，人潮不至於洶湧，附近居民還能賺一些小租金，大夥相處得很融洽。

住家附近另外還有大大小小的夜市，有些大到要一個小時才能逛得完，有些小小的只占一個街區。極盛時期，週一到週日天天都有不同夜市在各條街輪流開張，天天都能逛。這些中南部夜市據說是來自於日本時期的納涼會，當時主辦單位會挑選名勝地點，拉起燈泡串、搭建舞臺，還安排表演節目、招攬攤商、施放煙火，以入園票的方式開放。往後發展出各種主題的納涼會，如運動、棋藝以及廉賣納涼會。而其中廉賣納涼會就流傳下來，成為南部街坊常見的「商展」。常見的知名的觀光夜市多為應付遊客，每日營業擺賣小吃或流行飾品，內容上和商展非常不同。

拜南部天氣所賜，我家這條三十幾年的夜市很少因為下雨而取消，偶有小雨也不減興致，一顆顆燈泡依舊串成一條吃喝熱鬧的街。不用搭建頂棚，拆裝簡便，攤販之間的空間充裕，逛起來相當自在。

雖然後來定居北部，但一得機會回去，便想盡辦法待到星期二。特別會到小時候最恥於接近的內衣攤買兩件汗衫。我常誇口說這年頭有錢也難買到質料這麼差的汗衫了，料子比衛生紙還薄，但也就難得在料子薄，容易流汗的父親和Y正適合穿，且久洗不壞，價格卻在百元之內。而百貨公司裡有頭有臉的汗衫品牌則是講究質感，越做越厚，相當不經穿。

離去前，還要光顧從小到大最愛的燒烤攤子，雞肉串、黑輪、米血。每回都要耐心站在炭火聚成的大霧前等待，看老闆刷上一層一層濃郁的沾醬，來回翻烤，不惜光陰地反覆如此，最後才撒上芝麻。

時間在此也成廉物，悠閒才是最珍貴的。

蒸蛋

要做出滑嫩的蒸蛋，並不是把雞蛋打散加點水就能完成的，還得濾過，以免打蛋時的氣泡在蒸煮過程中形成孔洞，蒸出來的蛋千瘡百孔。但若要替每道料理都添購適當的廚具，那廚房的容納空間必定不夠，且往往一個月用不上幾回，因此做蒸蛋時自然也省去過濾的程序。

可我還是愛滑滑嫩嫩的蒸蛋，特別是日本料理亭裡隨定食附上的蒸蛋，裝在茶碗裡，用小杓子舀，裡頭有香菇、雞肉、蝦、蛤蜊，上頭擺一片著花色的魚板。這樣的蒸蛋每一口都透出柴魚高湯的香氣，還沒咬上幾口就滑進喉嚨裡，忍不住又舀起下一口，不一會兒就吃得精光，跟著才開始吃起定食盤中其他料理。從小去吃日本料理的記憶中，只有我、姊姊和母親。一頓餐吃起來雖算不上天價，但總是比便當乾麵貴上百元，向來節儉的父親是捨不得的。他雖捨不得吃，但從不會捨不得讓我們花，只是若硬要帶他去，那就得忍受他整頓飯都臭著一張臉，像在吃最後的晚餐般壯烈地吃下每一口，再不然就是看他蹙著眉頭抱著能省就省的心情，點菜單上最便宜的餐食，讓我們羞愧得食不下嚥。

為了滿足想吃蒸蛋的慾望，國小起我就在家自己做蒸蛋吃。布滿孔洞如海邊暗礁的蒸蛋。

那時候的超市還不興賣異國調味料，外來的人力尚未大量登陸臺灣，泰式、越式、美式等新奇的料理要到特定餐廳才吃得到。家裡頭有的調味品不外乎黑溜溜的臺式醬油，再不然就是拿糧券去農會換回來的沙拉油和鹽，其他的就憑各家手藝。連打蛋器也是後來才出現在我家的新鮮玩意兒，不多久就因不好清潔而被棄用。

拿雙筷子，將雞蛋打散，加點水，再打上幾回。筷子打在碗裡頭哐噹哐噹的急速敲擊，光用聽的就顯得很有那麼一回事兒，心裡也跟著得意一陣，最後再加一點鹽調味。

由於這道料理就我一人想吃，所以只能就有限的材料變花樣，香菇雞肉是輪不到配給給我的，魚板還不知道上哪兒去買。這蛋、水、鹽的比例全憑直覺，如上回吃了被嫌太鹹膩，這次就少倒一瓢兒，若上回被嫌無味，這次就大把撒鹽像不用錢似的。就連電鍋外鍋的水也是高興倒多少就倒多少，記憶中通常是倒太多，蒸起來的蛋不僅坑坑疤疤，而且顏色不勻，淺淺的黃裡頭有偏硬的白，中間還雜一層灰藍，像給磕出來的瘀青，口感偏硬和澀。雖然做出好吃蒸蛋的方法總不得要領，但母親也隨我做，反正能替她省去一道菜的工夫，且最後有人吃完就好。

國中之後，幾乎就退出廚房，甚至到後來因為晚自習，連晚餐都在學校跟著吃便當解決。直到後來赴外地就學，假日回家就過著茶來伸手飯來張口的好日子，有時候還不領情，硬要到外頭跟朋友吃。家裡開伙的時候也跟著越來越少。

吃慣了外頭的重鹹重油，更覺家裡飯菜如嚼蠟，隨便吃幾口就放下筷子，也從沒想過做飯的人的心情。母親是隨我們的，不愛吃她就不煮，最後甚至淨挑我想吃的去外頭買現成的回來，就為了我難得回高雄一趟能多待幾天。而小時候常去的那家日本料理亭也早就歇業，我對蒸蛋的執著亦不如從前，反正現在連便利商店都能買到好吃的蒸蛋。從前那份珍惜的心情早已像攪和了太多水的蛋液，稀釋得無法蒸煮成形，曾經對長大後有過的綺麗幻想，就如浮在蛋汁表面那層泡沫，被現實高溫蒸煮而變得僵硬，形成由無數孔洞組成的疙瘩。

直到前兩年，父親突然中風。適逢年節，小年夜那晚是我成年後第一次和父親單獨相處。

父親從進到急診室後就陷入熟睡，我徹夜在兩條塑膠椅拼成的簡易床位上翻來覆去，一條太小的毯子既遮不了發涼的腳又遮不到發冷的肩，一夜睡睡醒醒周身痠痛。每回醒來，我望著父親深眠的神情，竟覺得安心，慶幸父親終於能好好睡上一覺。父親總是在天剛亮的時候就起床勞動，若無家務，便出門走一趟長長的路，午間片刻也只枕著手臂斜躺在床緣，不肯讓自己睡太久。夜間，只要有事情一喊他，便立刻醒來，從不顯恍惚，像隨時待命的兵，一個翻身就要上前線迎敵。但他的敵人是勞苦的生活。

那天，父親睡了很久，有時候我會從想像的安心中突然抖出一陣恐懼，湊到他臉前，確認呼吸，然後又蜷回塑膠椅裡繼續等待。十幾個小時後，父親終於轉醒。想起他許久沒進食，經醫生同意後，我趕緊抓著錢包飛奔到醫院地下室的美食街，在店家前面兜來轉去，我一面擔心父親太久沒進食會體力不支、血糖過低，一面拚命思索什麼食物軟爛易食，且要兼顧營養又不易升血糖。

這時，瞥見自助餐店的蒸蛋。打開蒸籠，靄靄水氣撲面而來，我彷彿上岸後的浦島太郎一轉眼被帶往無數光陰流逝後的此岸，已經沒有更多青春任性可供揮霍。

捧了蒸蛋回到病房，將父親從床上扶起，拿小湯匙舀，一口一口送進他窟窿般無牙的嘴裡，看他像過世的外婆那樣用口腔慢慢將蒸蛋磨爛吞下，眼神在恍恍然間飄忽不定，吃了半盒就吃不下了，我又哄了幾口。

那是另一個父親了。和睡著前看似同一人，但已經不是同一人了。在睡夢中，曾經盤桓在他腦海裡揮之不去的陰鬱愁思像添了水打散的蛋液，原本濃稠黏膩的氣息被沖淡，呈現溫和的淺黃，彷彿剛成形的色澤。

放下蒸蛋，抽了衛生紙替他擦嘴，小心翼翼問他我是誰。他喊了我的名字前兩字，第三個字只依稀記得音韻，迷惘地講了幾個類似聲調的字，我便不忍心再要他繼續猜下去，只是對他笑一笑，接著便扶他又躺下繼續未完成的睡眠。

那次中風後，經過長時日調養，父親的體力才漸漸恢復。但損壞的大腦就如敲破的蛋殼，已無法復原。幸好他還是記得我們，每天將全家人的名字朗讀般唸上好幾回，最後會笑嘻嘻加上一句，每個都很好。

經過這麼久之後，我又開始做蒸蛋。仍舊是一雙筷子把碗敲得響亮，父親在旁邊吆喝著厲害厲害，然後我們都笑，笑這不過是雕蟲小技，和好不好吃根本無關。接著，在打散的蛋液裡加少許高湯或者稀釋的柴魚醬油，其餘的佐料就視情況而定，有時是做菜餘下的邊角料，有時是剛買回來的雞肉丁，偶爾先泡幾片乾香菇待用。蛋與料調勻，擺入電鍋，外鍋倒半杯水，不一會兒電鍋就冒出白騰騰的熱氣，雖然仍舊無法做出滑嫩蒸蛋，但口感也不差。因為包含著無數孔洞，看起來蓬鬆鼓脹，一些時光被濃縮在裡面，綿綿密密的一個挨著一個。

我們用飯碗蒸，用湯匙吃，沒有日本料理亭的情調，但是滋味足夠。

邦迪亞上校跌倒的那天，整個馬康多鎮晃了起來，一列遊行隊伍亂了腳步，東倒西歪。

隔天早上起床，邦迪亞上校摸著臉上的傷口，怎麼樣也想不起來是怎麼受傷的？但是，亂了的隊伍可就沒這麼容易收拾了。

連鍋湯

我的脾氣不好，個性急躁、沒耐心。不過糟糕的是，自己並不知道也不知改進。從前只覺得奇怪身上常有瘀青，後來才發現是因為走得急又不專心，老是撞到牆壁或是桌緣。講電話時，連再見都還沒說完就急忙掛電話，可能因此得罪過不少人。

直到後來有一次走得太快真把骨頭都摔斷了，才有那麼一點覺得自己或許真的急了些。一直沒有自知之明，雖然這樣說起來有點牽拖，但父親實在沒好到哪裡去。

童年時家庭出遊，父親十之八九跟人吵架。那時候極少有停車場，看到空地就能停車，少數景點會有在地人劃地為王，就地收起費用。如果要貪圖距離近，只好付點小錢了事，否則就要走到遠一些的空地停車。若不甘心付這小錢也就罷了，父親偏偏要去罵幾句，再不然就吵上了。而我們全家四貼騎的不過是一臺常拋錨的偉士牌，停車費用了不起就五元十元而已。當然他是心疼我們要頂著大太陽多走一段，又捨不得當年賺得不易的血汗錢，心裡頭氣不過這些人的霸道貪婪。但吵完了，還是得乖乖停到遠一點的地方，況且吵架時，我們杵在旁邊，說有多尷尬就有多尷尬。到後來母親直接就能預測父親又要吵架，拉著我們站到旁邊去裝不認識。

此外，從前常有推銷員挨家挨戶拜訪，賣字典、百科全書、全套卡帶等，這等人一碰到父親就倒楣了。父親會氣急敗壞把人趕走，關上門後還要罵好幾句。這些壞脾氣，我一個不漏地都學到了。雖然心裡曉得要體恤別人，但當下經常腦門子一熱，就氣了起來。氣什麼呢？不知道。

病後的父親，脾氣不減。我倒是扮演起母親的角色，察覺到他要爆發時，趕快把他帶走，或是比他更氣，使他不敢生氣。這以暴制暴的方法，真是不好。

父親住院時，隔壁床病人的太太常想找話題聊天。我深知父親不喜和陌生人聊天，因為我素來也痛恨搭訕、裝熟，常常不給人好臉色。但隔壁太太獨自照顧丈夫多日，實在悶得無聊，有意無意就想搭個話題。每次她一起頭，我便在旁邊捏把冷汗，不知道何時父親會開罵。曾經和父親年齡相仿的長輩聊天，才知道那是由於軍旅出生，又是戒嚴年代，思想裡根深柢固不願意和人多聊，深怕洩漏隱私，是那一代人本能要保護家人的防衛機制。果然，不出幾天，隔壁太太挨罵了。她可能永遠也想不透這個每天對女兒唯命是從的老頭兒，怎麼就這麼不愛聊天。

還曾經帶父親去醫院時，遇到旁邊排隊的老伯突然問起父親的年齡，當下我立刻覺得苗頭不對，正想把父親拉走，此時父親已經大聲喝斥對方，聲音嘹亮迴盪在大廳間，相當引人注目。

同住之後，每週帶父親逛超市，能罵的事情又多了一項。向來節儉成性，加上病後好多年的記憶如土石流般被沖垮流失，往往使他無法跟上現在的物價漲動。看到蔬果的標價，吃驚之餘，還要指著罵。特別是香蕉，和他幼年時的價格相差數倍，他常站在香蕉前面直罵，哼，騙我沒吃過嗎？幸好香蕉不怕人罵。

認識Y之後，我才知道自己脾氣差。不知道是幸還是不幸。

Y極有耐心，能忍受我沒耐心聽他把話說完。有時候性子急起來，自己在氣什麼都搞不清楚，Y就慢條斯理出來善後，讓我在一旁慢慢氣。向他抱怨父親脾氣差，他只是幽幽地說，父女一樣，然後不疾不徐為我們緩頰。

聽說，麵食吃多，脾氣較急。但我和父親還是愛吃麵，Y則繼續愛吃米飯。不過嗜吃辣，倒是相同的。

我們喜歡的川菜館有一道連鍋湯，在吃完一桌辣菜後，喝上這鍋湯，滋味真是滿足。

有一回照例點了連鍋湯，廚房裡不知怎地急著要上湯，服務生頻頻詢問，但我們才剛吃了幾口菜。起先我還好聲拒絕，請服務生稍後上湯。數次之後，我臉色不耐煩了起來，Y趕緊在我再次開口前打發掉服務生。好不容易吃完飯菜，湯端上桌，我喝了一口，冷了，我說。過後，父親喝了一口也說，湯冷了。Y只能無奈看著眼前這對火爆父女，請人把湯打包，讓我們帶回家熱過再喝。

也多虧了這次的經驗，起了自己做連鍋湯的念頭。據說這道菜原是農忙時節用來帶到田裡給大夥添補體力喝的。做法並不用太細膩，重點則在於把花椒先用乾鍋烘過，香氣逼出來後，再和蘿蔔片、豬肉片一起煮，花椒的香與麻讓口味增加趣味。我特別喜歡花椒帶給舌尖酥麻的感覺，這一點或許和我不羈的脾氣有些吻合。而因為個性急躁，要久熬的湯品或費時備料的菜色，我一概不會。速成的，倒是非常有興趣。

若要再多說我壞脾氣的例子，還真是一時想不起來。因為我雖容易氣，但氣過很快就忘了，時間再稍微長一點，連一滴渣都想不起來。這記不住的腦袋，對於要改掉這樣的脾氣，真是難上加難。

提琴與標會

學音樂是很花錢的。

在臺灣經濟起飛的七十年代，各種國外花稍的舶來品開始透過零售商、菜市場等小店鋪深入到民間，而大賣場才剛要踏出攻占中南部鄉鎮的第一步。學音樂的風氣一時興起，同時間，街坊出現連鎖的音樂教室比便利商店拓展得更快。許多童年無緣接觸古典音樂的父母，為了一圓兒時夢，紛紛把孩子推入用音符打造的夢想國度。

學音樂到底有多花錢？這恐怕要走過一回的人才明白。

如果只是在社區音樂教室裡跟著大班課唱跳律動，大夥兒一起隨著節奏敲鐵琴、鈴鼓，還只是入門款，和一般的才藝課程學費相差不遠。國小二年級時，母親被教室的老師慫恿，和其他家長們一起發了個音樂大夢，幻想能把我栽培成音樂家。在集體惡補了好幾個月後，我竟意外考上當時剛成立的音樂班，從此家裡財庫大開。

在此之前，為了準備報考音樂班，家裡已經先買了一臺鋼琴。當然是直立式的。那是一臺豬肝色的鋼琴，我始終沒喜歡過這個顏色。考上音樂班，第一件事是選樂器。學校按照管弦樂團的編制比例，開出了各種樂器的缺額。母親四處打聽後，替我選了聽都沒聽過的中提琴。中提琴，顧名思義尺寸和音域介於大提琴和小提琴之間，因此在茫茫樂聲的合奏中，較難辨別出來，也鮮少有獨奏片段。多年後，我仍然不時會懷疑這種樂器幾乎是為了填補那段空白的音域而發明出來，因此相對少有作曲家特別為它寫作演奏曲，反而要常常改編別的樂器曲目來演奏。

為了公平，也為了節省，母親厲行兩個孩子都學一樣的樂器。所以姊姊雖然來不及報考國小音樂班，但是也跟著學中提琴，直到國中時也順利進入這套升學系統。因為中提琴的琴身和小提琴同樣是架在肩上演奏，因此初學時，只要購買小提琴，並換上中提琴的弦即可。學童每隔一段時間會隨著身高、手臂長度的成長，換成更大尺寸的琴，直到標準尺寸為止。母親打的如意算盤是，姊姊練過的琴可以給個頭比較小的我練，用過的琴譜也是，如此就能省下一筆錢來。這當中沒有餘裕去思考孩子到底喜歡哪樣樂器，只能跟著其他家長的經驗談往前摸索。

對當時僅靠微薄單薪支撐的家計而言，母親的計畫無疑是場豪賭。姊妹倆各學鋼琴、中提琴兩樣樂器，買琴修琴，買耗材、樂譜，萬把塊地往外送。因此，每回要換琴弦時，母親都在旁邊叮嚀，小心！小心！就怕我們擰得太緊，把新的弦繃斷，又要花一筆錢再買。國小時，我還真換斷過一條弦。砰的一聲，共鳴箱無情反彈出來的轟然聲響，大概就像武俠片裡高手聽到窗外有刺客，一鼓作氣把琴弦扯斷的氣勢，我當場嚇得臉色發白，緩慢抬起頭來看著母親在一旁緊皺的眉頭。從此，每回換琴弦，我的心都擰得跟弦一樣緊。

此外，寒暑假時為了不中斷學習，要另外到老師家上個別課。一個禮拜，我和姊姊提琴鋼琴課都不能缺席，母親每回都把學費裝進信封袋裡，要我們下課時雙手遞給老師。許多年後，聽昔日同窗聊起，現在有不少學生直接拿

「錢」給老師，沒有要你找錢就算不錯的了，如果還要求學生裝信封袋，恐怕就不高興來上課了。在當時，一小時個別課的學費超過父親一整天的薪水。我們一週總共上四次，如果沒好好練琴，父親等於上了四天白工。母親每用這樣的計算方式叨唸，我們只得放下電視遙控器，乖乖回房間架起弓來，在弦上拉拉扯扯，拉出來的只是勉強成調的曲子，連一點天分都沾不上邊。

當時買琴的管道，除了琴行，就是透過授課老師了。每到要換琴的時候，母親便坐在餐桌，拿著鉛筆在又破又小的紙片上算了一算，再把紙上的數字圈了又圈。幾天後，她會突然宣布，再過幾天是我們家這條巷子太太們標會的日子，這次她一定要標中才行。這樣的話，反反覆覆說了好多天，好像每說一次，標中的機會又大了一些，買琴的目標就更能達成。巷子的太太們為了維持各自的家計，自有一套運作方式，總是會巧妙地將每戶人家要用大錢的時間錯開，讓想標到的人能如願。標中後，母親喜不自勝地拿著破紙片回家，彷彿那張紙片就是我們所缺的萬把塊鈔票。

國中時，老師再次建議換琴。為了接下來的升學，母親狠下心來，拜託老師赴歐洲時，順便為我尋一把適合的琴。幾週後，老師返國，拿出一把紋路深邃、棕褐斑駁的琴，琴身、琴頸都能見到年份久遠的使用痕跡。至於音色，母親和我是不懂的，只能交由老師判斷。隔週再上課，母親用報紙包了如數的千元大鈔，慎重地用橡皮筋綁起來，要我交給老師。我感到丟臉極了。

老師家門口停著名貴轎車，價值相當一棟透天厝，家裡從客廳到琴房皆是典雅的歐洲風格裝潢，鋼琴上和書架上擺放著精緻的小飾品，就連廁所都飄送著淡雅芬芳。等待上課時，我和母親坐在客廳的沙發上，總有偷偷享受不屬於我們的奢侈的感受。雖然偶爾在上課中，低頭瞄見母親粗糙的腳和琴房木紋地板有多麼不搭，或者母親跟老師說話時總是唯唯諾諾、低聲下氣的模樣，這些都算了，但要拿著一包舊報紙包著的錢給老師，實在讓我難以接受。這好像就承認了，我們終究不是那個世界的人。而那個世界到底是什麼？我雖不明白，但卻無法忽視那份距離感。

到學校時，和同學提起標會的事，引來一陣新鮮感。我才知道，原來同學的媽媽是不需要標會就能買琴的。那麼他們的琴是多少錢呢？噓！要好的同學向我使了一個眼色，過後才悄悄跟我說，這是不能問的問題。回想同學尷尬的臉色，自己果真觸及了一人禁忌，那一刻，我想起了沒見過世面的母親。放學時，同學拎著琴盒坐進汽車，父親則是騎著偉士牌灰撲撲地來接我。有一回雨天，我拿垃圾袋裹著琴盒，視線直探向雨幕中，尋找父親的身影。同學帶著不解且善意地問，為什麼雨天還要騎車？後來，從同學談話間，幾次聽到，才明白我手中的那把琴，雖已傾全家之力添購，卻只是其他人的零頭。不過，好在沒有人會問我，妳手上的那把琴多少錢？

我就用這把琴順利升學，完成既定學業。十年的時間，它的聲音在我心中，是唯一中提琴的聲音。帶點鼻音，聲音溫厚，但並不響亮。那把琴，與其上臺演奏，不如更適合獨自一人或三五至交，點起蠟燭或倒杯紅酒，簡單地拉些什麼小曲。它倚在肩頭傾訴，有如老友，低聲呢喃。

不再拉琴後，曾經因練琴而生的厚繭終於全數褪去，身上再找不到任何練琴的印記，多少年來壓在心頭的重軛終於脫去，臉上總是挫敗的面容也漸漸褪下。

我下定決心，將琴出售，以免臺灣多雨潮溼的氣候壞了這把琴。經熟人介紹，把琴帶到工作室整頓、估價前，想到此去後，再無法聽見它的聲音，不禁傷感難以自拔。聽說學管樂的友人也在出售前，抱著樂器大哭一場，看來這是學音樂之人多少會遭逢的訣別。練琴的人和琴是相依的，如果沒有價格市場的介入，我俗濫地相信每一把琴都是無價的，端看拉琴人如何理解它、釋放它的聲音。

然而提琴大修完畢後，師傅要我去工作室聽琴音，談估價。原來在電話中難以啟齒的是，價格不如預期，甚至只有起初的一半。且我這把琴的尺寸不足標準琴，多年來我拉的從來不是真正的中提琴。我反覆說著，琴是老師特地替我找的，怎麼可能不值那個價錢？師傅只能無奈地沉默，不便多言，但對此景也不感到陌生。我愕然，想起包在舊報紙裡的千元鈔票，如何東拼西湊，毋親且還愚笨多事地將紙鈔一張張翻成同一面，擺放整齊。儘管心裡升起許多不平，但是事到如今，又如何能將當初多付的那一半價格追討回來呢？或許，這也是另一筆「學費」？

提琴何辜？被標上了過高的價格，冠上不合理的期待，卻只是安然發著它原本的音，是演奏的人沒有找到適合它的曲子。就像當年並沒有音樂天分，卻身負母親的期望，我們都曾被錯誤的估算。

幾年前回老家時，驚見豬肝色鋼琴覆上厚厚灰塵，琴椅更有白絨絨的黴。我趕緊打電話給姊姊，商量著要盡快處理，否則連鋼琴內部都發霉，糟蹋了父母親的心血。談來談去，無處可收容這臺琴，繼續閒置在空屋，只會加劇敗壞。隔幾個月，趕過年前，我再回去一趟，事先預約了琴商在小年夜的早上搬琴。

中型貨車倒車進入狹窄的巷內，引來老鄰居太太們的圍觀。琴商俐落地拆卸二樓對外的窗戶，用粗布繩將琴身捆住，起重機一釣，鋼琴懸在空中，搖搖晃晃。樓下的太太們喊，鋼琴要賣掉了嗎？我站在樓上窗口點點頭，強忍著眼淚。鋼琴一走，整間屋子頓時更靜了。迴盪在這裡數十年的聲音、樂音，都已徹底離去。

姊姊常問我，妳怎麼捨得？我把母親的遺物都讓清運公司載走了，鋼琴賣了，連中提琴都託給昔日同窗。我說，有人幫著拉一拉比較好，擺著不拉容易壞。琴和人，都需要撫摸、傾聽。

經常在想，要是沒學音樂就好了。如果不是在「那個世界」，我們不會經常感到自己的困頓、拮据和失敗。這麼多年投入的時間、金錢，也許能換來更快樂的回憶？

學琴的時候，母親常鼓勵我，「天下無難事，只怕有心人」、「鐵杵磨成繡花針」。這兩句話，是從我們家一本三字經童書上看來的。母親書唸得不多，懂的道理不多，只有這兩句話。看我一次次學得挫敗，被老師痛罵或搖頭嘆氣，每回音樂比賽都輸得奇慘無比，她死腦筋地說來說去還是這兩句。我不知道她打哪來這麼大的信心，始終相信我會成功。

朋友Z的母親在她高中時便離世，高中畢業後赴美唸書，回臺後，與父親、兄長分居各地。父親因長年在外地工作，早已將老家脫手，返臺時便到兒女處擠一擠。有一段時間，我們倆住得近，Z好意照顧我，常叫我到家裡吃飯。她在廚房裡隨興炒點樓下黃昏市場買的青菜，我則坐在餐桌旁的鋼琴上隨手彈點曲子。Z經常一邊笑盈盈地端著炒好的菜從廚房裡走出來，一邊說，妳來幫忙彈琴真好。鋼琴是母親少數留下來的遺物，Z自己不會彈，只能擺在家裡悼念，是她城市流浪多年來丟不掉的行李之一。後來，我們輾轉又搬了幾次家，都在不遠處，直到她要離開臺北時，把鋼琴留在我處。我和一名鋼琴家友人同租小屋，樂得把鋼琴交給鋼琴家專業照料。我常常窩在房間裡聽她在外頭幾個小時地練，空氣中的浮塵也慢了下來，化為時間的結晶，我在琴音的包圍下沉入夢鄉，又在夢中漸漸醒轉。

有一回，Z來臺北借住我處，那是她頭一回聽見母親的鋼琴被溫柔、細膩的演奏，發出溫潤的聲響。而鋼琴上頭，放著的是我母親生前的油畫。兩個女兒的心，因為那個下午不經意的演奏，都被滋潤了。

中提琴托付給友人後，她常帶出門工作，特別是這把琴的琴身較小，拉起來省力，適合連續幾個小時的樂團練習。有一回因為認識的朋友擔綱導演，特意前往聽歌劇《魔笛》演出。坐在觀眾席等開演，不經意翻見節目單上印著友人的名字。我抱著試試看的心情傳手機訊息給她，碰巧她還在後臺，隨即回覆我，要帶上臺的正是我的琴。雖然中提琴的聲音要在管弦樂團中單獨被聽見是幾乎不可能的，更不說要能聽見我的琴所發之聲，更是無稽之談，何況歌劇演出的樂團是藏在舞臺之下的樂池中，我仍舊為此興奮不已，像是到幼兒園看孩子畢業群舞的父母，癡癡地相信自己的孩子在臺上是最耀眼的。

我和Y有時也會像癲狂的父母，樂此不疲地討論著孩子未來會什麼樣子？擁有什麼天分？我開玩笑說，千萬別讓他碰音樂，也別學樂器，不然我們就慘了。那麼擁有什麼樣的天分最好呢？Y歪著頭想一想，邪惡地笑著說，希望他有廚藝天分，天天做大餐給我們吃。

「你們是世間優秀音樂誕生過程中產生的廢物，你們的音樂就像從煙囪裡冒出來的煙一樣……」二〇一七年，日本TBS電視臺推出的日劇《四重奏》，由知名編劇坂元裕二執筆編寫。劇中四個主角因緣際會組成了半吊子的弦樂四重奏，除了一起練習、演出，他們一起面對生活的起伏，成為彼此的重要他人。在全劇將近尾聲，主角們收到一封聽眾來信，指出他們的音樂如同廢物一般，「你們認為這麼做有價值嗎？有意義嗎？有未來嗎？為什麼要堅持下去呢？為什麼不放棄呢？」」這世間，堅持下去，常常會被譏為移山的愚公，卻不見得像愚公一樣能獲得神仙幫助。被世人矚目的，往往是在堅持而成功後。一旦堅持卻一無所成，是不會被記得的。但是，我仍然慶幸曾經堅持過。

在大學最後四年，回想一路慘敗的學琴歷程，我下了一個重要的決定，用四年的時間盡全力練琴，試試看做到自己的極限。我也慶幸，因為試過了，四年結束後，便無憾地放棄。如今，不練琴的年歲也悄悄超過練琴的十幾年時光。說不定再過十幾年，連一個音都想不起來，但是聽到音樂時會感到異常幸福吧。

至於我的中提琴，如今仍在等待下一個主人。選琴好似選如意郎君，若是無緣談妥這門「親事」，那就繼續靜候有緣人。雖然，我不知道自己當年是不是適合這把琴的人，是不是夠了解它，是不是，讓它盡情歌唱過。但衷心希望，下一次，它能找到適合的人。

蔥油餅

十八歲以前，我只吃過蔥油餅烙出來的蛋餅。因此第一次吃到工廠量產出來薄薄的蛋餅皮時，驚訝得腦子一時轉不過來，無法意會那是菜單上所指稱的蛋餅。

我家巷口有間傳統早餐店，一大家子早晨就忙碌起來。雙臂粗壯的老闆負責揉麵擀麵，所有的麵食品都從他手下一團一團揉出來、一張一張擀出來，完了再一個轉身放到鍋裡煎。動作熟練，從來不會亂了秩序，煎鍋上永遠都滋滋響地冒著油泡，隨時一張餅就要起鍋。聲如洪鐘的老闆娘負責點餐、收錢，還兼替蔥油餅刷上辣椒醬、醬油，空出來的手再順便盛豆漿、米漿。精瘦的老頭子專管油鍋，把麵條擀好，拿筷子往中間一壓，接著兩端捏起來雙手往兩邊一帶，順著這個勢道下油鍋，油條便在滾油中成形。旁邊還有姑嫂之類的幫忙做燒餅，甜的鹹的都香。因為油條是現炸的，包在燒餅裡，到了下午再吃還是很香。好多年後我經常看到做吃食的商家從塑膠袋裡撈出顏色已暗沉的油條，吃起來滿嘴油耗味，才知道從前那家樣樣在眼前現做的早餐店是多麼難能可貴。

打客人點蛋餅起，老闆就把蔥油餅麵團一擀一壓，下油鍋兩面煎得金黃，再打顆蔥花蛋，餅皮往上蓋，不出幾分鐘就可以拿鏟子撈起來往菜板上拋，動作一氣呵成。我們家就一直是吃這樣的早餐店，如果去到西式早餐店，則專點三明治蛋吐司一類，絕不會點蛋餅，壁壘分明。蛋餅的樣子在我心中就這麼固定下來。

後來，那家店不知何故收掉了，期間改租給不少店家營生，最後轉到賣鹽酥雞的手裡。

再後來，去到外地唸書，頭一天上學時經過西式早餐店，讓我開了眼界。十幾種蛋餅口味寫在板子上，抬頭看到脖子都痠了還不知道怎麼選，最後點了培根起司蛋餅。看到老闆拿出像面膜一樣薄的餅皮，起初還感到懷疑。吃下去，不得了，培根起司天生絕配，去到哪裡都能讓食物加分。至於餅皮的部分，則沒什麼存在感。而因為沒存在感，捱不到中午就餓了。儘管如此，但因為花樣繁複，被迷惑了好多年，加上越往北部發展，越發現這類早餐店的數量不亞於便利商店，久而久之也就習慣了。

只是，還是想吃蔥油餅烙出來的蛋餅。必定不是油鍋炸出來的炸彈蔥油餅，或是加了肉末的，而是要在鍋子裡少油乾煎出來的。說到底，蛋餅上面無論堆了什麼料，最在意的還是底下那張餅。油與蔥的份量拿捏得當，帶一點點鹹，滋味便能記得很久。

有機會上館子吃飯時，白飯不用點齊，為的也是留點肚子吃蔥油餅。更早的時候，家裡外食不是吃牛肉麵就是吃北方餡餅、蔥油餅配小米粥，一吃好多年。

思念久了，打通電話回家，父親隨即架起家裡頭擀麵專用的木板，一張一張揉好，用快遞寄上來。可是寄來的麵團不經放，儘管有低溫配送，還是爛成糊。幾次以後，就不再讓家裡寄來了。

我總以為蔥油餅是適合獨食與獨行的食物。加蛋，或夾肉片做成捲餅，或單單帶著一張餅，就可以上路，思念就可以徒步走得很遠。剽悍如海明威是懂得孤獨的樂趣，因此他在《我們的時代》中寫男子獨自在林子裡夜宿，早晨到溪邊釣魚前，只用上簡易的器具烙餅，「……他又把蕎麥粉徐徐傾入冒煙的鍋裡，那粉便像火山噴發似的散在鍋內，油爆得清響……他把那根乾淨的木棍在餅上撬，就把餅翻轉過來了，還在鍋裡濺油呢。」那是同蔥油餅一樣適合陪伴旅人的食物，「他用油紙把它們包好，放入他茶褐色襯衫的另一口袋中，他把鍋子翻扣在烤架上。」釣魚累了，就吃餅。森林的寂靜與餅的香，讀來竟讓人久久無法回返。

剛把父親接來同住時，他瘦得剩一把骨頭，一口氣不知還能撐多久，我急著要讓他把精神吃回來。在廚房裡忙上好半天，菜端上桌，他卻不領情，沾了幾口就要下桌，讓我沮喪不已。幾次以後發現桌上菜色一多，便要夾取，於他是不方便的。食物越單一，他反而越能掌控，便肯多吃幾口。於是改做蔥油餅。

揉麵、醒麵，父親興致勃勃坐在旁邊看，問他麵粉和水的比例，他總答差不多就可以了。我遺傳這個差不多的個性，做菜從來不按一定比例，調味料全憑直覺亂下，同一道菜每次做都不同味道，起鍋前也不試菜，就等上桌後見真章，好吃難吃一翻兩瞪眼。

自己做的餅除了撒蔥花，還可將各色青菜剁碎，一併撒入。煎好的特製蔥油餅，父親單手抓了就能吃，一次吃兩張，食慾大開，營養也顧全。

其餘麵團一概煎成蔥油餅，放冰箱保存，沒時間做飯時就拿出來加熱，切成條狀做成炒餅、燴餅都方便。

假日的早上，全家都起床後，就打個蛋花，煎蛋餅。

第一批居民來到馬康多鎮時，有人把異國的料理也帶來了，在同一口湯鍋裡熬煮直到現在，據說吃下去的人都會想起祖母的童年。

邦迪亞上校一喝下湯，就想到來馬康多鎮的路上差點沒趕上的那班船，母親們圍在蒸汽口蒐集珍貴的水煮食物，還有在船上打翻的那鍋白米飯，高高地從甲板上落在昏暗的船艙，他和大夥趴在地上搶著飯吃。

西班牙海鮮燉飯，有時烘蛋

一家人吃飯的細節，只能意會無法言傳，那是日積月累出來的默契。好比說誰不愛吃辣、誰愛吃蔥，誰的湯裡要多些菜料、誰只顧著喝清湯。一頓飯要做到盤底皆空，口舌滿足，就要掌握餐桌上每個人的脾性。

爽脆的高麗菜加點肉絲快炒，帶點蒜香，是道簡便又好吃的菜色。但父親吃了幾口，就把高麗菜閒置到一邊兒去，再哄他吃，他嗯哈幾聲敷衍。等吃完飯收碗筷時，看到高麗菜藏在衛生紙底下。那次之後，高麗菜一律切成細絲，其他菜葉類也都比照辦理，起鍋前且要蓋上鍋蓋多悶一回，務必軟爛。

另有一回買了牛蒡做味噌湯，Y喝了沒說什麼，但飯後，他洩恨似地花了整個晚上的工夫把其他的牛蒡全切成細絲，用醬油拌炒，撒上芝麻。後來連續三天餐桌上都有涼拌牛蒡絲。往後，我就沒再買過牛蒡。

吃到多少飯量搭配幾樣菜算是飽了，從淘米煮飯時就得估算起，甚至是買菜時就開始盤算。若米飯不夠，且要再做幾樣有飽足感的食物頂上。

因為一菜一飯，都是相處累積起來的經驗，經驗成直覺，瞟一眼就知道誰要添飯誰吃飽了。所以有客人來時，常常苦惱菜色。

任何人都有自己不愛吃的食物，說起來可能讓外頭人覺得荒唐，去到做客時就只好勉強吞下。我不吃羊肉，曾被朋友約去吃飯，到了餐廳才知道要吃羊肉爐，整頓飯下來只能喝喝湯做樣了，付帳時照樣給錢，回家再自己填飽肚子。朋友到家裡來，按我們家慣吃的食量供食，不料卻讓做客的小夫妻倆一頓飯吃下來像打硬仗，感到非常抱歉。有人不愛紅蘿蔔、茄子，還聽過有人不吃雞腿，這是坐上餐桌前，怎麼樣也想不到的。有時候為了方便不同的口味，家裡來客人一律吃火鍋，但就連湯底、沾醬都各有講究。怪不得人們總說，同吃一鍋飯的就是一家人。餐桌上，能看透各種喜好。

有一陣子興起看各國烹飪節目，每看到外國人介紹臺灣牛肉麵、蛋炒飯之類的家常菜，總有種說不上的怪異，明明我們家就不是這樣做的。大概是噓頭，平凡菜色被說得有頭有臉，料理程序頭頭是道，但我相信只要端上桌能被掃光，就是好菜，做法不用拘泥。

可這類節目還是有參考價值，至少對完全不熟悉的味道能夠稍微理解輪廓，進而自己想像其餘細節。也因為不熟悉帶來的新奇，別人家的家常端到自己的桌上，就成了價格不菲的異國料理。

有一回去海邊回程途中，巧遇開在寂靜路旁的西班牙餐館，也就闖進去試試。餐館藉地勢的繁複，入口位在二樓，拾階而下，才到用餐的一樓。臨港邊的落地窗能看到剛走過的那座明黃色拱橋，橋下是基隆港的灰暗海水，一時竟有置身異國的浪漫錯覺。我們點了海鮮燉飯和幾樣配菜，等上菜的時刻就望著港邊推擠沉浮的漁船，十分愜意。配菜用過後，服務生詢問燉飯要西班牙米還是臺灣米，前者風味道地但米心較硬，後者容易入味適合父親享用。待臺灣米烹煮的燉飯上桌時，窗外已經落入夜的國境，橋與海俱黑，船隻依舊晃蕩款擺，人造光投映在海上，有幻境之美。一大口鍋子的燉飯相當有飽足感，滿滿鋪蓋在飯上的蝦貝類，更是讓人驚豔。

回家後，久久無法忘懷那鍋飯，便興起自己做的念頭。經過一番查詢，燉飯的食材以海鮮為主，但每家餐館各有成本考量，配料便固定下來，自家做的話則視冰箱裡還剩哪些餘菜來決定。

先下蒜、洋蔥炒香，再下雞肉丁或肉片乾煎，此時食材自然散發的氣味已相當誘人。接著將生米和高湯輪番放入鍋中攪拌，蓋上鍋蓋悶熟，如有番紅花香料可適量加入增添香氣。等到米飯吸飽湯汁，再將各類蝦貝鋪排在飯上，再次蓋上鍋蓋，此時只消一會兒工夫，新鮮海鮮很快變熟透，海的味道會往下滲透到飯裡。買不到淡菜時，我至少會攏上數十顆蛤蠣，隔著透明鍋蓋，看到蛤蠣爭先恐後張開嘴，便知道料理完成了。最後切上幾瓣檸檬角，開動前淋在飯上，夏天的爽朗盡在這鍋中。

烘蛋的做法則萬法皆同宗。臺式烘蛋放菜脯、九層塔等帶香氣的食材，西班牙烘蛋則放炒好的切塊馬鈴薯，另外可隨意加培根、蕈菇、番茄與花椰菜等，形同鹹派，加入牛奶則能讓口感軟嫩。喜歡做烘蛋，正餐若沒吃完，隔餐也能取單片加熱做早餐或點心，內容豐富，自然心情大好。

那日在基隆港邊用餐結束後，信步到碼頭邊，巧遇貓媽媽帶著貓寶寶外出覓食，我和父親與牠們對望，兩雙親子共享海風。

家常菜莫不是簡單好料理，就是食材易取得，否則如何能入得了家常？隨意從冰箱裡搜刮出來的邊角料就是一家人日常的滋味，大塊大把投入鍋中，胡亂煮成一鍋飯或熬成一鍋湯，好壞皆同吃在大夥嘴裡，便是共享生活甘苦的證明。

煮食・煮時

連假 Day 1

我老是忘記刮鬍子。

如果拖兩三天倒還好，勉強還能用刮鬍刀剃乾淨。但如果再多個半天，鬍子就會像雜草一樣東倒西歪，這時候還得出動小剪刀，邊剪邊刮，花不少時間。只好盡可能提醒自己，要天天刮鬍子。刮鬍刀也要勤於充電，才不會臨陣磨槍，父親會失了耐心。

刮鬍子這件事似乎成了計日器，一天兩天的時間代換成短短的鬍渣，我常常邊刮邊對父親說，鬍子長這麼快，智慧有沒有跟著長呢？父親會笑著說，可能沒有喔。

刮完鬍子，隨即準備今天的晚餐。考慮了好幾週，終於下定決心買了現成的番茄糊，想試著煮番茄肉醬。義大利麵中，白醬和白酒清炒是我最愛的口味，經常做來吃，海鮮或雞肉都很適合搭配。但做久了之後，也想挑戰新口味。

先下蒜頭洋蔥炒香，加入絞肉繼續拌炒，末了再撒一撮迷迭香，最後加上兩色鴻喜菇，倒入番茄糊，蓋上鍋蓋繼續悶煮。另一邊的爐子則煮起麵條，同時準備等一會兒要盛麵的碗盤。因為兩個瓦斯爐都在運作，沒有其他火源可以煮湯，只得作罷。我家向來愛喝湯，就算不吃飯也想喝碗湯，而且是熱騰騰的。

煮食過程中，腦袋裡淨是算著下一個步驟，不停查看鍋中食材。快起鍋時便開始擺餐桌，準備藥品，先讓父親入坐。幾個月下來，一天兩次針劑，快速抽換針頭，調劑量，施打胰島素的動作已然熟練。即使在外用餐，我們也能怡然自得地露出肩膀打針，不理會旁人側目。

連假 Day 2

冷凍庫裡的牛排已經放了好幾天，不吃不行了。不時得檢視冰箱角落埋藏什麼食物，才不會因囤積而過期。只要天天下廚，各色蔬果肉品在冰箱內輪動速度相當快。遵從醫生囑咐，澱粉不能多吃，但為了達到飽足感，就依賴蔬菜與肉類填飽。

牛排先用蒜片乾煎，半熟後，切成條狀，方便稍後父親咀嚼。再轉移陣地到烤箱裡，灑上旅遊時買回的煙燻鹽、黑胡椒。等候的時間，端出前一天煮好的白飯，據說隔夜飯較不容易升醣，自此經常煮一大鍋白飯擱在冰箱裡，而料理隔夜飯的方法也就跟著進化出不少菜單。將大量香菇及其他蔬菜切丁，慢慢拌炒成燉飯，另放些香菇擺在牛肉旁一起烤，香氣更加濃郁。

飯後休息一會兒，哄父親出門散散步。最近剛生孩子的朋友在臉書上抱怨，每逢假日時，內心便掙扎著是否要帶孩子出去玩。平日上班已經累積疲勞，放假時難免想在家好好補眠，或賴著發呆荒廢一日，但卻苦了孩子一週都悶在室內，無處發洩精力。出門散步時，常看到外傭牽老者緩步，形同監獄放風，在小小的廣場繞圈子走路，走滿幾圈便又回家盹著。

還住在南部時，父親自己推開家門就在巷子裡踱步，偶爾走到橋邊看看水看看人。同一條巷子裡住著三、四十年的鄰居，大家都一同悄悄守望鄰里長輩，倒也不至於危險。北上後就無此便利。

父親個性固執，不願意繞圈子走路，我繼承不少這份固執，也就不勉強他，但為了避免日後肌無力導致無法行走，走路是必要的日課。每天下班後，掙扎於要不要出門散步，多想在沙發上躺一下。遇到假日就不能再賴皮，一定得出門走走。短程的話，就拖著買菜小推車，牽父親步行到附近買菜，順便帶點小零嘴兒豆漿果子等，走累了就剝幾口來吃，算是一舉數得。

連假 Day 3

避開用餐時間抵達購物中心，美食街依舊充滿人潮，孩子們到處跑跳，分不清誰是誰家的爹娘，大抵上都是來遛小孩的家庭。幾個簡陋的拍照造景，毫無間隙地輪著供遊客擺拍，樓梯底端的空地有街頭藝人演奏膾炙人口的歌曲形成更加喧鬧的背景音，孩子們的嬉戲尖叫聲也就不這麼明顯。

我們幾乎沒辦法好好走十步路，不時被前方的人擋住，或是因臨時攤位而須繞行，沒多久就累了。其他長者乾脆坐輪椅，讓家人推著走，但想起醫生囑咐要多走路，只得繼續走走停停。好不容易逛完一圈，沒考慮其他樓層，就快速逃離商場，馬路上反倒清靜些。住在人口稠密的區域，假日能去的地方真的不多，賣場和公園皆飽和，也難為了那些家長。

回到家中翻看冰箱，白飯已吃盡。這回淘米煮飯，順道放了臘腸，打算做臘味飯。電鍋啟動後，便燒了熱水燙青菜。

早上出門前先放了各色物料到大鍋裡，回到家時已經滷成誘人的褐色。揀了今天要吃的，切片，其餘放冰箱，預備接下來幾天隨時能端出來享用，滷汁還能拌飯拌麵。

對了，吃完飯記得刮鬍子。

連假 Day 4

一年來已習慣一起床就往廚房鑽，一改過去怕冷的症頭，就算寒流來襲也不覺得水冰，只想快些弄出熱食。趁父親還熟睡，備齊酒、鹽、香料，加上友人從寮國帶回來的特產胡椒，快手快腳醃製鹹豬肉，擱在冰箱三天後，只要稍微烤一下，就能上桌。收衣服、刷馬桶、掃除等工作一旦累積多日就會多得讓人卻步，對付的方法還是勤於打掃，採購清單也要時時記上，不然好不容易抽空購物，落東落西的話還得多跑幾趟。

再次查看冰箱，連假第一天做的番茄醬料還剩著。蒸了馬鈴薯，淋上去。我喜愛吃焗烤，又再另外做一盒灑上起司，進烤箱。濃湯收納了各種蔬菜，紅蘿蔔、洋蔥、玉米、豆子、杏鮑菇、白菜等，打個蛋花。

飯後又做了幾鍋吃食，準備應付接下來上班日的三餐。

父親喜歡在旁邊看我下廚一面閒聊，常說，媽媽要是看妳這麼做飯肯定很高興，因為她最不會做飯了。說完自個兒笑得很開心。轉身又掰了一顆蒜頭解饞。

碗盤洗淨後難得的空閒，坐在窗邊看書，只要能抓住時間，一週看完一、二本還是可以的。

而空檔的空檔，如果還沒睡著，才有可能逮著機會寫那麼一點字句。這些字句，通常就在熱火鍋爐和家事間，在工作和通勤時，逐一落在心上。

鹹蛋苦瓜

凡有疙瘩的食物，我不愛。如榴槤、釋迦，還有苦瓜。苦瓜雖然生得白透或碧青，但上頭滿是大大小小的疙瘩，實在無法引起好感。這些食物，幼年時在我家裡幾乎不見蹤影。還記得有一兩次母親炒了苦瓜，我和姊姊像吞毒藥似的，半口還沒吃完，眼淚倒先流下來，後來母親就不再自討沒趣。

由於被排斥得厲害，母親只得在外頭用餐時才偶爾吃上苦瓜。自助餐賣的苦瓜經常拌小魚干和豆豉炒，光看到黑溜溜的豆豉，我和姊姊就感到神祕難解，更加敬而遠之。但母親愛吃，她總說吃苦瓜好，能解毒退火。還有許多她誇讚的食物如沾醬油的番茄或芋頭之流，我們無法明白，僅憑直覺厭惡。

我怕的事物還有很多，由於生為小女兒，從小儘管跟著姊姊怕。姊姊怕的我都怕，姊姊不怕的，我還是怕。老是跟在母親身後畏首畏尾，看到生人更是緊張得不知招呼問好，光是皺著臉呆立，讓母親很是尷尬，只好笑著跟人說我天生是苦瓜臉。苦瓜臉被叫了好多年，對苦瓜的好就更不領情了。

進入青春期後，臉上生出疙瘩般的青春痘，什麼法子都消不掉，體質使然。母親有時勸說吃苦瓜排毒，但雖然苦到臉上來了，還是不肯把苦瓜吃進嘴裡。生來不擅問候，又生著一臉疙瘩，那真是苦上加苦，很不得人愛。苦哈哈的過完青春期，並且延長到往後的許多年，對於父母親也越來越不知道說些什麼才好。

後來政府開始推廣客家文化，許多客家菜色跟著興盛起來，鹹蛋炒苦瓜便是其中一道，也漸漸成為餐館裡的必備菜色。到外地工作後，不多的日子裡回到高雄，為了活絡氣氛，全家人便上館子吃飯，不知不覺常點這道菜。

不同於苦瓜，我從小就知道鹹蛋的好吃，特別期盼吃便當時能附上半顆鹹蛋，那麼其他配菜就幾乎成為鹹蛋的佐料。哪怕沒別的菜，光只有鹹蛋配一碗清粥都能吃得津津有味。父親也愛吃鹹蛋，每回上市場買菜都會帶回幾顆，好幾次去到盛產鹹蛋的觀光景點，毫不手軟買上一袋，當場還要剝幾顆來吃。這樣的吃法當然不行，所以常被母親唸。被唸過後，父親就躲起來偷偷吃，我也是，我這愛吃蛋的毛病可能就來自於父親。他出生的年代物資匱乏，什麼都珍貴，到後來變成能吃就盡量吃，也不管適量與健康，常因此讓母親生氣。所以我從小被母親告誡鹹蛋只能吃半顆，再多就不給吃了。

父親和母親的生活習慣乃至於飲食，幾乎南轅北轍。他們是那個年代常見的番薯配芋頭，父親慣說國語，母親慣說臺語，但父親臺語說得極好，常被人誇讚，母親為了配合我們，便說一口臺灣國語。或許是語言占據優勢，我的脾性幾乎隨父親，母親愛吃的肉圓碗粿等臺式小吃，我鮮少沾口，卻在這道鹹蛋炒苦瓜上，讓我一次嚐到雙親愛吃的口味。

因為鹹蛋，苦瓜便不覺得苦，甚至忘記苦味，就為了嚐到鹹蛋的香鹹。到現在仍愛吃鹹蛋，但謹記母親告誡，所以幾乎不隨便吃。真想吃的時候，便炒一盤鹹蛋苦瓜。

家裡的鹹蛋要藏好，沒有米缸，那就藏櫃子裡，總之不能給父親看見。

回想起來，父親自中年起確診因家族遺傳患有糖尿病後，家中櫃子的深處總有母親藏匿的食物。而這幾年開始照顧生病後的父親，讓我嚐到了母親當年的滋味。

都說糖尿病的人總餓，那股飢餓想來是穿到骨子裡去，把人的魂魄都吞下去，讓人六親不認。父親起先服用胰島素藥物，但無論吃多少餐飯，總是餓，盡往廚房裡翻東西吃，一點兒都沒辦法忍耐。為了控制血糖，逼不得已，我只好把廚房鎖上了，任何食物全都藏得嚴嚴的。為此，父女倆經常鬧脾氣。有一回父親餓，又進不了廚房，氣得罵我像防賊似的，我一時委屈滿腹，難過許久。

這場食物的捉迷藏沒有一天可鬆懈，有時候在房裡聽到疑似塑膠袋的窸窣聲，趕緊跳起來往廚房察看，是不是父親又在找吃的。就算出了門，也經常在想，食物收好了沒，以免父親自己在家吃過量，血糖升高到一發不可收拾。那時候只要一聽到父親接近我房門的腳步聲，神經便緊繃得不得了，果然接下來就是一連串勸說不能再吃，而父親回以又餓又氣的嘆氣與沮喪。勸得累了，便哀求父親讓我歇會兒，就十分鐘也好，但父親被徹骨的餓所迫，在屋裡無助地走來走去，不一會兒又來敲房門。被逼急的時候，我爬到桌子底下，躲在椅子後面，甚至把自己反鎖在廁所裡，雖然可短暫逃過父親追討，但沉重的心理壓力卻無處可躲。

如果家裡躲不住，就往外跑，有時即便工作完累了也不敢回家，只因回到家也沒辦法休息，每隔三五分鐘就要起身應付父親的飢餓，父女倆身心俱疲。真的累得沒辦法時，往健身中心，拿了瑜伽墊鋪在地上睡，只求能睡上半小時也好，管不得別人投來的異樣眼光。

每一天，都在盤算著要買多少食物，該怎麼分配，怎麼準備餐飯與點心。況且服用藥物還有副作用，其中最惱人的便是皮膚發癢，像蟲蟻爬滿全身，就連最能忍耐身體病痛的父親都耐不住這股片刻不得消退的癢。父親抓得全身紅腫流血，才剛結痂的疙瘩隨即又被撩開，血沾上衣服家具床單，又一床床一件件掀起來洗，一片片傷口塗抹止癢藥水，反覆如此，我們像找不到出路的盲目蟲蟻。

幾次換藥求解副作用，後來經熟人推薦，請醫生改開立胰島素針劑。終於，換成施打針劑後，地獄般的癢稍微止住，持續飢餓的症狀也獲得緩解。但我們都已經被飢餓給嚇壞了，就像曾經歷過恐怖政權壓制的人民，眼神裡總有恐懼，永遠在盤算著下一步要往哪裡逃。況且那次中風遺留下最大的後遺症便是記憶的缺損。短期記憶消失後，父親的每一分鐘都是新的，每個問題都能重複提問，每件事情都只存在當下便不復存有。就連曾經中風住院的事實都已遺忘，對於自身的失憶也無從想起。

於是，不再被追著要食物的時候，我仍被父親的問題窮追猛打。每天都想一個人清靜，渴望去到聽不見腳步聲的地方，聽不見父親撩抓癢處的搔刮聲。渴求去到不會再被重複追問著：母親什麼時候去世，生什麼病，她為什麼要這麼早走？當父親感到飢餓與再次問起已經提問過千萬次的問題時，常常在我不知道的下一次提問，他會成為我最痛恨的人，最不想再見到的人，只能掛著眼淚逃出家門，等待心情平靜再次回來面對。

不知是幸或不幸，終於降臨的平靜也伴隨麻木，才逝世一年多的母親在誦經般反覆追問中，在我心裡便如同已逝世千千萬萬次，我的每一個回答都冷靜得不帶一絲感情。而初嚐到比青春更苦的滋味，被壓抑在冷靜的表情下，怕的是父親在記憶的迷霧中加添一筆他不解的陰影。怕他又在什麼都搞不懂的情況下，和自己佝僂的影子坐在床邊低聲自問：怎麼辦，以後日子該怎麼辦？怕他又獨坐在客廳哭，甚至忘記自己為什麼哭？眼淚爬在他臉上如疙瘩，裡頭藏的是我最害怕的苦。他一次次遺忘我帶他去哪裡玩，煮了什麼給他吃，日日陷於擔憂未來日子不知如何繼續的迷惘中。

為了能有好好看會兒書的時間，我學會了比父親早起。

悄悄拉開房門，躡手躡腳溜到廚房裡沖杯熱茶，再偷偷回到房裡翻開書頁，享受閑靜的片刻。同時，也豎著耳朵注意著房外的動靜，若時間還早，聽到父親起身如廁的腳步聲，便躲回被子裡假睡，尚可再偷得半小時的閱讀。等到父親再回到床上翻身兩三回，趁飢餓將他喚醒前，趕緊鑽進廚房預備餐食，如今也練就迅速上菜的能力。

或者，趁著父親午睡時，另覓一處把剩下幾個章節的書閱畢，若時間夠的話，還希望能發會兒呆。發呆時看著跑步機上的人，賣力踩著步伐，綁在後腦杓的馬尾左右甩動如揮鞭驅策自己往前，卻仍在原地。那個時候，我會想起年輕的父親總在天剛亮時就起身，換上球鞋出門走路。沒有目的地，只為了走路而走。無論走了多久，經過何處，幾個小時走下來仍回到原點，騎上破舊的偉士牌回家。回程時會順道買燒餅油條給我們，繞去市場買菜回來準備做菜，再留一個銅板買份報紙給自己。年幼的我直到聽見他切菜的篤篤聲，才迷迷糊糊在睡夢中聞到菜香，覺得奇怪父親為何老是這麼早起不多睡一會兒，怎麼就喜歡自己走路多無聊啊。

每次疲倦纏身逃出家門時，他目送我，問我去哪。有時我隨口說出去買東西，他絕不會吵著要跟，有時我賭氣說，離家出走，他笑嘻嘻說好，再見。我彷彿他的分身，正要踏上獨自走一會兒的那個寧靜早晨。

回程時，買上鹹蛋，挑一顆苦瓜。那一顆顆曾經令我感到噁心的疙瘩如今再次凝視，像汗珠與淚珠凝結的鐘乳握在掌中，白透與碧青。

將苦瓜對切，拿調羹挖籽，且將裡頭那層胎膜般的木棉組織刮除以去除苦味。熱油鍋，下蒜頭爆香，將鹹蛋黃下鍋溶於油中，基本香味便已飽滿。白的苦瓜片與白的鹹蛋在鍋裡拌炒，全都滾上蛋黃後，不多久便可以起鍋。坊間有不少能將苦瓜去苦味的祕訣，但多年後已體悟到，苦味從來去不淨，也不用去淨。

馬康多鎮集體陷入拍照的瘋癲中，靈魂濃度據說比二十年前下降了三千點。

邦迪亞上校說，我的靈魂濃度和血糖一樣高，體檢報告過不了關，還是拍個照，稀釋一下吧。

旅行，計畫中

女子們的聚會從不間斷。

學校畢業後，不少人相繼出國深造，從碩士一路攻讀到博士，從美國到歐洲。難得回來一趟時，在昔日同窗好友的熟悉氣氛中，不免透露異鄉的生活艱難，也不乏異國情調的新奇與浪漫。串串響亮的笑聲與話語皆是青春的揮霍，儘管當時沒有人察覺到。

留在國內的女孩，在各個領域衝刺打拚，取得學位後，陸續找到穩定的工作，談上幾份戀愛。不急著結婚。那時候少數幾個踏入婚姻，甚至早早生子的女孩只能靜坐在聚會餐桌的邊陲，聽著五光十色的生活與戀情，感嘆著自個兒的青春提前謝幕。那時還是屬於二十幾歲的聚會。

突然間，踏入了三十歲的門檻。聚會中來了幾位作陪的丈夫，靦腆地在女人堆中識相地微笑。就連那幾個之前在國外唸書的女孩也紛紛做了異國新娘，洋女婿來臺灣玩時，也跟著來聚會，雖然和大夥無從聊起，好歹熱鬧熱鬧。席間，關於戀愛的話題少了，取而代之是工作與家庭，當然一定要聊聊假期到哪一國度假，或者最近又要到哪一國出差。儘管沒有人說破，無論是穩定的感情或婚姻，成為掌握聚會話題的權柄，約莫也是占據餐桌的中心位置。只有幾個尚在流浪的靈魂靜靜伏在餐桌尾端，眼神隱約透露出不置可否與渴望的掙扎。

這些看來再平凡不過的聚會，在每一年度刻下了一些標誌，彷彿提醒著女子們生理時鐘的滴答聲從來不等人，而有些機會更是錯過了就無法再重來。

雖然不婚如今已是一個熱門選擇，若妳要勇敢拒絕從俗，追求夢想與自我，社會上多得是資源來支撐，但不管是女孩或是女人，終究難逃聚會時來自餐桌中心的那股壓力。於是經常質疑自己的選擇，甚至莫名惶恐與不安。

再後來，餐桌中心被嬰兒餐椅占據，聚會的焦點成為孩子們的童言童語。育兒經是不敗的話題，順便講講育嬰假和托嬰中心，從前菜聊到飯後甜點，其他話題只能乾晾在一邊。餐桌尾端原本就不多話的聲音，就變得更沉默了。

不過幸運的是，小小孩的耐性相當有限，甜點結束後，他們便得草草撤離。那時候，餐桌的位置會重新調整一番，剩下不急著回家的女人圍成了一個小小的圓形，說說心底話。在苦難面前，眾生得以平等。所經歷的情感背叛、工作上的挫折、新婚的不協調、難應付的公婆等，帶有苦味的甜點在口中慢慢迴盪，味道延續更久，複雜的後味甚至能延續到散會後的私人訊息中，以及下一次的祕密聚會。

從餐桌的尾端到中心，從中心到尾端，不可言說的默契，像無名的手悄悄地推移著聚會的眾人。從女孩到女人的過程，回頭細想，卻又一時難以數清一路上走過的路。

日本向來對這類都會女子的小滋小味多有觀察與犀利討論，在小說、漫畫、連續劇中，常常抓著女子的痛處窮追猛打，淋漓地演繹一番，讓人又愛又恨，又哭又笑。

二〇一六年由網路媒體推出的劇集《東京女子圖鑑》即大書特書女子成長之路，且將都市文化中特有的地域性帶入，更以「圖鑑」加以殘酷分類。每集二十五分鐘內容，隨著女主角從二十歲到四十歲的生涯發展，以東京各地區特色為代表做呼應，將追求夢想時看似無心的選擇，毫不留情點破，刻劃下女子都市野戰的求生路徑圖。

那次女子的年度例行聚會後，回程不算短的車程上，想起席間各種心情複雜的沉默交會，於是計畫趁著還能輕鬆自在地上路時，向Y告假，替自己規劃一趟單獨旅行。

由於能從家中脫身的時間不長，便決定依著《東京女子圖鑑》的拍攝景點做一趟女孩到女人的巡禮。

第一日。三軒茶屋，是從鄉下來到東京的女孩首選之地，這裡的消費平價，街上洋溢著流行文化的年輕氣息。想要在下班後看個電影或戲劇演出，也能在巷弄間找到具有實驗精神的新生代劇場。若要用臺北來比擬，或許可說是中永和區的縮影，生活機能便利，雖然需要花一點車程，但要去到哪裡也不是太困難。

第二日。惠比壽，有高檔的店鋪與奢華的時尚，光是走在路上瀏覽櫥窗與過路女子便足以眼花撩亂。劇中的女主角嚮往能踏入上流社會所屬的花園廣場，那樣的心情就像是第一次存夠了薪水，穿上名牌服飾的基本款，到臺北東區的高級餐廳享用夢寐以求的大餐，從高處眺望街頭車水馬龍的景致，璀璨燈火如寶石般鋪陳在眼前直抵幻想中的未來。

第三日。銀座，有著更內斂的品味以及世代累積的豐厚資源，在巷弄間隱藏的是需要熟人介紹才能入內的祕密會所。這時候的女子在工作上累積到相當程度的實力與成就後，卻還沒辦法斷然相信婚姻，亟欲脫離大眾盲目追逐的隊伍，轉而追求內行人才能看出門道的極致享受。不禁讓人想起從天母往陽明山的路上，幾座庭院深深的院落，有些孤寂，有些傲然。

第四日。豐洲，聚集了中產階級的住宅區，稱不上熱門觀光景點，但散發著閒適安逸的舒適感。此時追逐過了，失去過了，才知道最難得的是平淡幸福。女子告別了多情美男，獵捕到工作穩定、個性與長相皆以平凡為美德的如意郎君，分期付款買下小公寓，開始做起美滿家庭的夢。那麼，景美區說不定是個不錯的選擇。少了林立的百貨公司與賣場，倒是有不少令人心儀的綠地。

幸運的話，還能找到一條往山上步道的小徑，在午後來一趟林間散步。

但是，幸福的日子真的能天長地久嗎？粗茶淡飯，難保不會想念酸甜苦辣？

第五日，代代木上原，據說有許多新潮麵包、咖啡店。想當然，能在早晨時段悠閒坐在店內品嚐剛出爐的麵包，喝著手沖咖啡，卻無須急著上班打卡或接送小孩上學的女子，已經從人生許多階段畢業。那份時間與金錢的游刃有餘，常在大安區與永康街品見到。此時女子澆熄了對婚姻與家庭的憧憬，在下一次出發前重溫單身的美好。不妨談一段漫不經心的戀愛，好像看見了年輕時候的自己，那樣執著癡傻，想來可愛。

就這樣，按著劇情推演，我在筆記本上規劃路線，計算車程，選定了每一處的景點。還有一天的空檔，就到目黑川走走吧。

目黑川是著名的賞櫻景點，尤其是夜櫻，更是迷惑人心。此外，二〇一三年日劇《最高的離婚》推出後，目黑川更是許多影迷朝聖地。劇中的兩對年輕夫妻，生活圍繞著川畔看四季移轉，生活的磨難是一場互相傷害的拉鋸戰，婚姻中難以言喻的種種酸楚也在觀眾心中千迴百轉。於是劇中人物住家樓下的洗衣店除了成為熱門打卡點，亦有許許多多情人來此思念前塵往事。

而《東京女子圖鑑》的女子，在經歷初戀、婚外戀、婚姻、包養等各種情感波瀾後，最後選擇回到鄉下的老家。她回想起從二十到四十歲，一步步成為少女時期心中「了不起的人」，從租屋到購屋，用不同的地區定位自己的身分，最後仍逃不出每個年代的女子耗盡青春苦苦追尋的大哉問，幸福到底是什麼？

那麼關於這個問題，就留待路上慢慢思索吧。

在行事曆上訂下出發日期，查好飛機班次。住宿地點決定在交通方便的新宿區，單人的民宿與膠囊旅館似乎都是不錯的選擇，經濟實惠的商務旅館也別有樂趣。

然而，就如每個旅行總有突發狀況，而意外總讓計畫趕不上變化。

突然間，失去了行動的自主性，我的身體成了載具。新的生命棲身在我腹中的駕駛艙中，指揮著我的作息、飲食、去處，以及心情。我和Y戰戰兢兢學習扮演新角色。而我也因為他的到來，被迫踏上另一段未知的行旅。

幸福到底是什麼？

計畫中的巡禮被迫中斷，旅程延遲至遙遙無期。只好闔上筆記，退掉機票與住宿，讓無常接手安排接下來的行程，這可能也是女子的必修之路。

照亮長路 I

確定自己懷孕的那一刻起，整顆心凝結在半空中，還來不及為這個好消息開心慶祝，隨即想到的就是未來生活的安排，累積已久的壓力瞬間爆發。醫生在診間裡交代接下來要放鬆心情、多休息，才能安全度過前三個月較不穩定的時期。

但是我真的能多休息嗎？

當我冒出這個念頭時，也感受到自己內在一股越來越壓抑不住的無力感以及伴隨而來的憤怒。憤怒使我越來越不友善，對任何事情的容忍都變得很小，沒有耐性聽別人把話說完，沒有心情欣賞其他人熱中的事情。說白了，就是一副全世界都欠我的樣子。

越來越少和朋友聊天，而聊的時候總覺得言不及義，莫名的憤怒倒是時時刻刻捏在手心，只想找一個地方獨自待著。

幸運的是，懷孕前三個月沒有任何害喜症狀，除了疲倦之外，其餘如常。我照常工作、做家事、打點生活的一切。Y每天在下班後，做了大半的家事，買我愛吃的點心。我知道自己是幸福的，但依舊憤怒。

趁著假日時，上網查詢新生兒托育的相關措施，沙盤演練未來的時間安排，模擬了幾種可能性，但還是擔心能否同時擔負起照顧父親和新生兒的工作。眼見友人因為新生兒的誕生而紛紛手忙腳亂、情緒崩潰，況且是有長輩支援的情況下，我又要如何能做得到同時照顧一老一小？這時候旁人一點點的加油打氣或是安慰，或是如熱心的長輩提醒，「懷孕不能生氣，生出來的小孩才會好帶。」都可能因為不了解全盤狀況而打擊我的信心，讓好不容易可以吐出口的心情又吞了回去，繼續在腹中酸腐。

又一次的回診，胚胎逐漸成形，撲通撲通的心跳強而有力透過儀器傳來，迴盪在診間，我的心臟也用力地撞擊胸口，希望能殺出重圍，找出可靠的辦法。

走出診所，外頭是夏日豔陽，空氣彷彿靜止而有力的手，緊緊掐住過往行人，讓每個人汗流浹背無法動彈。回想剛才聽見的心跳聲，那是新生命的脈動，我多麼渴望可以全然感到快樂，享受在其中。可是回到家，看到餐桌上一片狼藉，食物渣漬掉落在地板上，廁間飄來臭味，剛升起的喜悅便煙消雲散。我一放下手中的東西，立刻走進廁所開始洗刷，接著收拾碗盤，把地上擦乾淨。這些早已經做慣的事情要不了多久時間，但也過不了多久，又會再次重演同樣的殘局。父親從房間走出來，我卻一句話也不想開口，兩個月過去了，從來不想告訴他懷孕的消息。反正說完他就忘了。我心想。

「現在要做什麼？」完成家事後，父親和往常一樣，總是這樣問我。

說真的，我只想休息。

一個人，不被打擾，休息。

但另一方面，又知道是因為在家待了無聊，父親才這樣問。

每次回答不知道的時候，會有一個控訴的聲音，讓我覺得自己太自私。每次踏出家門，前往赴約或工作，會懷疑自己是不是吝於為父親付出更多？

冷漠成了我臉上的面具，成為我的聲音，成為守住情緒失控前的最後底線。

終於，再一次的憤怒襲來，父親落寞的神情即使關上門也揮之不去，我厭棄自己成為如此的惡人，想起之前曾經讀到相關的資訊，於是開始搜尋長期照護者相關文章。「長期照護較佳的狀況極限為兩年。」看來自己並沒有逃出平均數字之外，沒有想像中比別人更有耐力，不禁啞然失笑。其他諸如照護家庭手足之間的情感變化，那之間難以維繫的巧妙平衡，在個人時間與照護之間的分配，每一個問題都擊中我心中一直不敢正視的要害。

但即使知道問題所在，也難以解決，無力感又再度油然而生。最後，不經意找到相關基金會製作的一份評估照護者壓力之檢核表。「和受照顧者相處時是否覺得生氣？」第一個問題便直接命中這段時日來生活的景況。我羞於告訴他人看到父親的憤怒，也不期望被理解、接納，但是即便是他的腳步聲、咳嗽、無聲的嘆息，都在一點一滴將我推到理智的邊緣。靠著信仰的力量，勉強支撐在邊緣，一邊又低頭望見放棄之後，足下將是讓人粉身碎骨的深淵。寫完檢核表後，我知道必須下定決心面對心中的壓力。

我抱著忐忑的心情打去衛生所詢問，擔心父親的狀況也許不如其他重症者來得急迫，是不是自己太養尊處優，抗壓性不足，才須動用到社會資源？

還記得友人C談起九十幾歲半臥床的祖母，長年來住在舅舅家。C總覺得舅媽對祖母不夠貼心，對舅舅其他的兄弟姊妹也未能釋放善意。在晚輩的眼裡，難免對舅媽這樣不夠盡責的長媳有所責怪。類似的故事不在少數，憐惜長輩處境，抱怨照護者，久而久之成為家族成員間不能明說的祕密、心底的疙瘩。

H家的祖父在年初時安詳離世。祖父生前已失智、失禁並伴隨攻擊性，H的父親和兄弟輪流照護，從一個月輪替一次，到後來兩天輪替一次，可見得其艱辛。A則說起外籍看護和失智的祖母同房，很久才有一次休假，每天得把祖母扛到輪椅上，推到浴室，再把祖母抱到椅子上洗澡。有時候祖母洗到一半失禁，穢物流得一地。更難受的是祖母夜間發作吵鬧，全家人不得安眠，想起來就覺得生氣。A說的時候，彷彿那是別人的祖母。

諸如此類的故事層出不窮，在每個人的家裡、記憶裡都有這麼小小一段。那樣的片段，有時候是經過浴廁間時不經意瞥到照顧者奮力扛起全身無力的肉體的模樣，有時候是歪斜的嘴巴無法好好吞下每口食物，有時候是半夜從牆壁傳來的哀號。

我想起諾貝爾文學獎得主，加拿大短篇小說家艾莉絲・孟若（Alice Munro）在〈烏得勒支的和平〉中描寫住在小鎮的一對姊妹，在成長過程面臨照顧震顫麻痺的可怕母親，成年後為了追求夢想，姊妹倆原本說好要輪流離家四年完成大學學業，但妹妹卻在離家後踏入結婚，沒有依約回到家中，留下姊姊獨立照顧直到母親逝世。「我不再努力讓她維持人模人樣了，妳知道嗎。」姊姊談起晚年的母親已不再讓她「困擾」。或許維持被照顧者人模人樣，正是照顧者之所以會心力交瘁的原因。即便只是維持身上沒有異味、穿著乾淨的衣物，不斷地擦洗更換，便足以耗去心力。和嬰孩不同的是，還有重量上的負擔，當掛在骨頭上的肉堆已無法自行活動，原本輕而易舉的動作突然間都難如登天。除此之外，因為希望能保留受照顧者的尊嚴，況且他們是曾經在我們眼中堅強無比、無所不能的父母親，在尺度的拿捏上便更加煎熬。又或者當他們逐漸退化到像孩子一樣，不斷提出繁瑣的要求，卻又不真的是孩子，仍然穿戴著父母親的面具時，孟若形容那是一種「複雜的壓力」。每一次我失去耐心後發脾氣，父親雖然轉身就忘了，但卻在我心中鑿下一道痕跡，悔恨的心情難以抹去。悔恨是來自於父親的無心，並且我深深明白，倘若是健康的父親必定不忍我所承擔的一切，就像從前他對我的疼愛有加。於是，我們會漸漸染上麻木的症狀，「一貫予以不帶溫度的關心，我們將自己的怒氣、不耐和厭惡從她身上抽離，在應付她時抽掉所有情緒，就像拿掉一個囚犯餐點中的肉，使他孱弱至死。」

故事中的母親逝世後，擁有完整人生的妹妹帶著兩個女兒回到小鎮，回到姊姊獨守的那幢空屋，後來才得知母親是被強行送入醫院等死。「我想過自己的人生。」姊姊如是告白。猶如被綁架的人生，沒有盼望的盡頭，雖然希望能無憾，但終究敵不過這場時間的耐力戰。

但是逝去的時間真有可能贖回嗎？

「要最後這幾年——這好些年——都不在這裡，才可能記得以前。」那麼就只好繼續往前，等待有一天離得夠遠，遠到能眺望從前時，再想起吧。

遞交居家照護申請書後，不到一個禮拜的時間，衛生所便派遣訪視員到家中探視。

曾姓訪視員雖然是不到三十歲的年輕女孩，但她一進門就先熟練地跟父親打招呼，邀請父親坐下來聊天，想來經驗豐富。一問之下，果然一天跑好幾戶人家是常態。偶爾穿插幾句生硬的臺語，拉近跟長輩的距離。在輕鬆的談話中穿插小測驗，進行評估，配合需要也會參觀家中設備。

接著，根據表單中的各個項目，針對飲食、病史、清潔衛生、行動、體能等向家屬提出詳細的問題，並在平板電腦上輸入各項級別。一個多小時的問答中，順著時間倒轉，回溯父親生病之初至今，各個階段面臨的狀況。而時光流逝竟也快得出奇，一眨眼兩年過去，像是被勒住般無法前進的日子，也就悄悄地往前推移著，未曾停留。

兩年的時光，父親看似擱淺的生命卻仍有著些微變化，偶然間的舉手投足會投射出他年輕時的樣子，大部分的時候他已屈就於老邁和僵硬的四肢。甚至，我開始忘記他以前的樣子，我也忘記自己兩年前滿懷希望的樣子。

訪視員鉅細靡遺的提問雖然是例行公事，卻是我第一次感受到這樣細心的關切，問答尾聲更不忘詢問照顧者的生活與身心，這本身便已相當安慰。本來以為評估結果還要經歷漫長等待，沒想到訪談結束後，之前所談的內容便同時登入系統進行連線，能立刻知道結果。當螢幕上顯示需求等級為中度時，訪視員曾小姐說明能獲得的協助時數，我的眼淚不知不覺流下來。

長久以來對自己的責怪、質疑自己不夠付出，為什麼沒辦法再多忍住脾氣、更溫柔些，頓時被破解，取而代之是從專業而來的認可，彷彿為自己的付出提供的實質證明。此時，不敢流下來的眼淚，終於能放心宣洩；不敢承認的疲倦，如今可以鬆懈下來；不敢去想像的未來，似乎沒有再這麼可怕。

送走訪視員後，拿出不久前產檢時拍下的超音波照片。撲通撲通的心跳再次響起，開始期待起新生命的到來。

照亮長路 II

照護員在中心人員的陪同下，第一次來到家中。中心人員帶了一式兩份的合約書，上面詳細條列了之前評估時提到的項目以及需要服務的內容，並且說明了請假規則等，以確保雙方權益。

由於一週五日的時段，很難安排到同一位照護員，因此第一階段先媒合到可以在每週二、四來到家中幫忙的袁小姐。但哪怕只有兩天，對我來說都是極大的幫助。

首先，先向袁小姐說明父親的狀況，了解家中的設備與動線，安排父親在第一個小時的時間裡著裝與下樓散步，並搭配簡單的手指復健；第二個小時則進行身體清潔，包括修剪指甲、鬍子等。

一開始，父親見到來客，笑容滿面的應對。寒暄了幾句後，歪著頭小聲問我，這是誰？袁小姐試著邀請父親外出散步卻都被拒絕，一次次催促之後，父親開始起了反抗之意，場面僵著，我只好出面哄父親。眼看第一個小時快要過去，這才終於讓父親踏出家門。

草草結束散步，稍事休息後，緊接著是第二輪挑戰。由於袁小姐不諳父親脾性，句句讓父親聽了不痛快，甚至緊皺眉頭苦著臉，眼看兩人就快吵起來了，我只好放下手邊的工作，再次出面。父親一見到我，立刻換上笑臉，語氣也緩和下來。能這樣受父親寵愛，雖然倍覺感動，但眼看服務時間就要結束，卻還成不了事，若是每次都要我在旁邊哄著，反倒比之前更加重我的負擔。好不容易完成清潔，我陪在一旁，看著剪指甲，終於完成任務，我們三人都已累得人仰馬翻。只能期待多幾次磨合後，能漸漸與袁小姐培養出默契。

父親一向不喜歡和陌生人談話，更不喜歡外人在家中。舉凡修繕、打掃、搬運，每件事都想要自己扛起，省吃儉用的父親畢生辛勤勞動，壓榨自己的體力惜取一分一毫，供應家人生活所用。即使年老，仍不改習慣，能多走一步路就絕不搭車，能多做一分就絕不請人幫忙。曾聽母親數次提起，晚年膝蓋痠痛難耐，南部三層樓的透天厝打掃起來越來越費體力，請人來協助打掃，最後卻被父親怒斥而去。為了適應居家照護，多次向他提起，他總以為自己還能照顧起居，即使面對訪視員的詢問，他也信誓旦旦地說三餐能自理，全然忘記現況的生活已需他人照料。經再三解說，了解居家服務由政府補助，每小時費用相當低廉，他才同意接受服務。但，這些談話都隨即消逝在他的記憶中。

過幾日，袁小姐再來，情況依舊僵持不下，兩小時的服務時間形同戰火前線。我想了幾種說法讓袁小姐試試，但或許是她的脾氣和父親南轅北轍，三兩句之後，她便失去耐心，語氣變得咄咄逼人。父親垂頭喪氣坐在沙發上，避不開語言的槍林彈雨，也無處可躲，像個無助的孩子。袁小姐則氣得直說父親記恨她，儘管我一再說明父親失智的狀況不可能記得，她還是沒辦法釋懷。

我翻開合約書查看，上面明文規定為避免歧視，不得更換照護員。一時之間也想不出其他辦法，只好將就繼續讓袁小姐服務。

「你不可以再這樣依賴女兒。」袁小姐再次來訪時，我在房裡聽到外頭的爭吵越來越大聲，父親也不甘示弱回嘴，話題繞著我打轉，但是服務進度卻毫無進展。放下手邊的工作前去了解情況，此時父親已激動大吼，袁小姐亦一股腦兒地將怨氣化成字句連連發洩。我趕緊上前制止，以免父親刺激過度而再度中風。

我們三人都束手無策對看，不知還能往哪個方向前進。

再過一會兒，父親會忘記這場爭吵嗎？如果他忘記了，是不是就可以重來一次？

我成了利用遺忘的人，總是在鑽記憶的漏洞。在一貧如洗的牌桌前等著大腦的快速洗牌，展開一場新局面。可是，深層的刺激或許散去得比我想像中慢，父親雖忘卻剛才那場荒謬的對話，卻餘怒未消。「依賴」，是父親深惡痛絕的。自幼家境貧困，常常為了籌措學費四處奔走。和家族同鄉的一位姑奶奶曾提到過，「妳爸爸很老實，來家裡也不說話，也不喝水，光坐在那邊。直到坐了很久，我就知道他是要來借錢繳學費。」成年後，父親痛恨求助他人，寧可自己吞下一肚子悶虧。他不依賴人的性子，對家人亦如是。從不開口問我們要什麼，但遇著我們一開口請求，他樂得立刻成全。

那麼，面對一生沒有奢求的父親，難道我不能讓他多依賴些嗎？這個問題把我又推回起點，重新衡量是否該繼續居家照護服務？在被父親呵護了三十幾年，深深明白他不捨得我們吃苦的用心。然而憶起他晚年解不開的皺眉和發自生命幽谷的嘆息，更使我思考著無止盡的「犧牲」是否就能通向愛的最後終點？幾年前電話中，我嘗試和父母溝通，感謝他們的付出並希望他們能將投注在孩子的心力多留一些給自己，唯有他們好好的，對兒女才是最大的幸福保障。也曾聽過不少友人分享，希望父母能少犧牲一點，多愛自己一些。但，對吃苦過來的長輩而言，這是何其困難？有時候不得不怨嘆，生命的選擇如此之難。

幾年前，受高雄市文化局所託編輯關於黃埔新村的專書時，有機會和在地老居民長聊，他們談起眷村生活時，最熟悉的畫面之一便是村子中間的大榕樹，樹下常圍坐村中老者，相伴聊天。「每個人經過都會跟老人家打招呼，老人家在那裡看著大夥兒來來去去，比較有人氣，才不會整天悶在家裡，最後漸漸退化。」那是一個老與幼能共同生活，且眾人互相守望的居住方式。

在我高雄的老家則是座落在一條短巷裡，鄰里四十幾載，新婚到育兒、生老到病死，彼此相聞。鄰中有長輩，或坐在家門口，或自個兒在巷中閒步，自然愜意，並不造成其他人太多的負擔。父親曾獨居一陣子，鄰居早晚看顧，從家門口到巷子口都有好幾雙眼睛在望著他。我假日返家，鄰人齊出，爭相告知父親近況。

遷居到北部後，住的是密集式大樓，空蕩蕩的中庭，不像我童年中的短巷總是充滿遊戲和笑聲。每道門、每層樓都由磁卡控管，社區中的老者少數尚能自由走動，其他則由外籍看護固定時間帶下樓曬太陽。我平日帶父親在家附近走走，假日時出門遊玩，但隨著懷孕週數增加，體力漸感吃不消，不得已只好申請居家照護協助，但卻又不如想像。與有照護經驗的人聊起，仍是以長輩居多，他們多半事業有成，孩子也長大獨立，半退休的生活則用來照顧家中長輩，時間尚且充裕。與我同年齡的人則還在未婚或育嬰階段，樂得善用娘家的人力與資源來節省時間、開銷。我則恰巧落在所有選項之外。

此時房門外的僵局依舊，那麼，我到底該怎麼辦呢？

父親一次次拒絕被他人照顧，便一次次加重我的擔憂。晚間，父親飯後說道，雖然妻子走得早，幸好還有女兒陪他。我聽完之後，轉身走入房間，茫然地坐在黑暗中。

日本古代時有「棄老」（姥捨て）的傳統。年屆七十歲就由長子背到山上參拜山神，實則是自生自滅。日本作家深澤七郎所寫的短篇小說〈楢山節考〉即是在此文化背景下，描述被送往山上的阿玲婆婆，如何為了家族存續，減輕經濟負擔，將家中事務交接給媳婦後，便坦然由長子帶往山上，在大雪覆蓋下去世。在其他國家，亦不乏類似傳統。

老，之為無用，雖已不是現代的觀念，取而代之是樂活人生，現代兒女也不用再背負有形的棄養之責，但是在社會環境配套措施有限之下，卻也背負無形的棄養之難。幸好，這幾年成立的養老機構越來越先進，並帶入人性化的管理與專業照護，養老，似乎有幸能真正成為樂活。

又一次，客廳傳來爭吵，間或是氣氛凝重地停頓。我知道再繼續下去，為難袁小姐，亦為難父親。雖然無奈，只能選擇暫停服務。當天，袁小姐氣急敗壞離開後，我牽著父親出門散步，他笑著說出來走走真好，已忘記不久前發生的事。

要是遺忘能夠傳染，該有多好。

照亮長路 III

「他堅持不刮鬍子，怎麼辦？」機構的照服員打電話來求救。「上次刮完鬍子，睡醒後他忘了，氣呼呼衝到櫃檯罵人，很兇的。」

我連聲道歉，「那就由他去吧。」簡直像接到學校老師打來告狀的電話，一時間覺得抱歉又苦惱。「他生氣完，過一會兒就忘了。」

幾個月前，父親搬到機構中住。還記得那是父親節過後不久，我哭得一把鼻涕一把眼淚，覺得自己要把父親遺棄了，一時間被強烈的罪惡感捆縛著。Y下班回家看到我蹲在昏沉沉暮色中哭腫了眼睛，手裡握著通知單，父親則是什麼事也不知道，坐在客廳搖頭晃腦聽老歌。雖然感到不捨、抱歉，但也明白這是最好的安排。那裡將會有完善的無障礙設施，護理人員與照服人員全天候照顧，好過在家裡將就從簡的設備。

在與父親同住的最後半年，我無來由地患了肩頸疼痛。也曾運動伸展、熱敷、就醫都不見改善，起初隱約的痠漸漸滲透骨頭，轉而成為劇烈的疼痛。轉動脖子時，關節處被勒得緊緊的，睡覺時亦無法放鬆，徹夜翻來覆去，像枕在石頭上。痠痛如影隨形，彷彿沉重的包袱落在肩頭，縫在我的肉上，甩也甩不開。

因為懷孕的緣故，醫生只開了幾塊貼布。貼過幾回後，仍未好轉，卻慢慢發現痠痛每在父親打嗝時加劇。

隔著房門、隔著牆壁，甚至隔著我摀住耳朵的手掌，父親因腸胃不適而不住地打嗝聲，總是會傳進我耳裡。他每打一次嗝，我的眉頭就皺一下，太陽穴也跟著抽一下。每一個自胃裡所發出如汽水開瓶的空氣響音，猶如在催促著我要趕快帶父親上醫院檢查，以及連帶著數不清的待辦事項。不知不覺間，每一次未能順利消化的空氣積累成無形的重擔，使我的肩膀越縮越緊，我好似一個打死的結，結眼在肩頸，無從解開。

父親搬去機構後，頭幾天，Y早上醒來便幽幽地說，好像把孩子送去唸大學，突然覺得家裡冷冷清清的，真捨不得。我被突然來到的輕鬆感和擔心父親是否能順利適應的擔憂同時拉扯著，身上的結，暫時還沒辦法鬆開。

日本知名繪本作家佐野洋子在晚年寫下以母親名字為名的散文隨筆《靜子》，生動描繪出親子之間愛恨交織的濃濃情感。雖然迫於無奈，曾經將母親接來同住兩年後，終於無法忍受，佐野洋子於是編了一個謊言，把母親送去收費高昂的療養院，即使要把戶頭的錢都領空也在所不惜。她在書裡不只一次地說，「我用錢把母親拋棄了。」甚至說，「我用錢付了愛的代價。」讀到這邊時，我十分能明白說這出樣的話的複雜心情。

機構中為了集體照顧長輩們，要求家屬在每件衣物上繡名字，以免清洗後搞混。一天晚飯後，我和Y拎著一大袋的衣物，按著網路上查詢到的地址前往據說能繡名字的店家。自從電繡學號被淘汰後，往昔街頭轉角代繡的小鋪子紛紛消失，只剩下零星幾家還藏在巷弄間默默經營。大概是這門手藝過時已久，隨手記在紙條上的地址幾乎都已歇業，我們在路邊用手機查了又查，最後又找到一家。

騎機車鑽入縫線般的彎曲巷弄，天色已暗，路牌隱沒在暗夜裡，兩旁是靜謐的住家，不像是會有店家的模樣。巷口枝幹扭曲的樹、全身烏黑的狗、倚牆停靠的一列機車，終於在暗處看到一位老者貌似在乘涼，我們上前詢問，老者隨手指了前頭兩戶的鐵灰大門。我們滿腹疑惑按下電鈴，一名二十多歲的男子前來應門，聽見要繡名字，推開身後另一道門，一座老派的家庭工廠赫然出現在眼前。

只見屋內排列十多部機械，上面牽滿繡線，像彩色的蜘蛛網盤據，每一部都發出飛快運轉的嘎嗟聲。地上堆滿上千件附近學校的制服，上面剛繡好校徽。唯一還能見到客廳模樣的是退居角落的餐桌，未來得及吃完的飯菜被推到一旁，以女性為首的老闆和織工們又繼續趕工。

「一個字五十元。」老闆連頭都沒時間抬，手裡忙著整理線團、剪線頭。一件衣裳連名帶姓繡起來，要價一百五十元。冬夏季上衣、褲子，加上襪子、內衣褲等，全部都繡上名字，價格不斐。但這是唯一能找到的一家，老闆看來還挺不願意接這筆單子，比起大量繡校徽，我們這筆小生意反而會耽誤大客戶的交貨期限。沒想到放下代繡的衣服後，老闆突然發起慈悲，打了折扣。照顧長輩不容易，她說。

陸續帶著繡好名字的衣服去探望父親時，他已習慣機構的生活。到吃飯時間，他逕自走到座位等待。有一次，我們驚訝地問他怎麼跟上回位置不同。他得意洋洋地說，我這個位置比較人。之後照服員才偷偷告訴我們，前兩天吃飯時，他和同桌的伯伯吵架，所以暫時分開坐。我們聽了大笑，父親不管到何處都不改脾氣，還有力氣和人吵架，可見得精神不錯。另外還要感謝失智症總會抹去一切好與壞，過幾日，兩位長輩又和和氣氣地坐在一塊兒吃飯。

佐野洋子還在隨筆中提到，「離開的時候，母親一定到玄關送我，對著我的車子不停地揮手。」就算是堅強的洋子，看到這一幕還是會難過得要命。我非常感謝父親向來不拖泥帶水地說再見，減少我離開時的沉重心情。

每次要回去時，他會把頭一甩，說，妳回去吧。

因為時間在他的世界裡是充滿神奇皺褶與祕密口袋，等下一次去看他時，上一次見面就像昨天，也像是十年前。

洋子還說，母親漸漸癡呆後，終於敢碰觸母親的身體了。「在我心裡凝固幾十年的厭惡感，猶如在冰山澆了熱水，融化了。」在父親失智前，在我有記憶以來，父親上身有著中年男性勞碌後散發的氣味，讓我和姊姊敬而遠之。不，比這個更過分。父親用過的餐具、坐過的椅子，我們都不願意碰觸。想到十多年來，父親忍受著被女兒隔離的孤獨，就感到心痛。父親失智後，成為「我的」。我按照自己喜歡的方式梳洗、打點，勤換衣物、適時擦拭，更重要的是，我終於敢碰觸父親的身體。「我覺得被原諒了。世界不一樣了，變得祥和安穩。」

可是，後來也因為長期的照顧，壓垮了冰山融化後的那片荒地。

曾經在報導中看到日本關於「照護殺人」的事件紀錄。受訪者在長年精神與體力重荷下，也喪失了健康的身心。照護者自白，「那是披著我媽皮的怪物……」雖然這樣說很殘忍，但身陷疲憊的黑暗洞窟中時，心中會不免冒出這樣的念頭。幸好在這個時候，社會制度伸出援手，拯救了我們。

慢慢地，在我們之間的緊繃關係獲得鬆綁，我又能和父親說說笑笑。我問他為什麼不刮鬍子？

「我要留著唱戲。」說完，他比劃了一個撩長鬚的動作，哇哈哈地模仿國劇演戲的笑聲。其實他根本不會唱戲。但我記得母親還在時，甚至更早之前，有好幾回他都試圖留長鬍子，最後都被家裡女性為主的聲勢壓倒，乖乖剃光下巴。

「留鬍子有什麼好的，多麻煩。」

「因為妳長不出鬍子，所以不懂。」父親回嘴道。灰白色的線布滿他的嘴角，說話時，嘴巴一張一闔，鬍子像有生命似地抖動。

我說不過他，只好跟照服員說，父親活到這把歲數也沒多少心願了，唯一的就是留鬍子，那就讓他留一陣子吧。「等過一陣子他忘了，再剃掉。如果他發脾氣，就讓他氣一下，沒關係。」

「對，就讓他氣一氣。」父親在旁邊偷聽，擠眉弄眼地說著。

沒想到不管過多久，想留鬍子的事情他都沒忘。

反而是我再次想起肩頸痠痛的事，轉眼間過去好幾個月，痠痛早已不藥而癒。

後來，閒暇時我自己替父親繡名字以節省開支。我雖不是慈母，但也領略到〈遊子吟〉中密密縫的心情。一針一線，繡他的名與他賜我的姓，一筆一畫，都是牽掛。

得替邦迪亞上校的衣服繡名字，免得馬康多鎮的大霧降臨時，名字被路過的吉普賽人偷走。

溫開水

每當回想起初來到北部的第一個冬天，以及往後的好幾個冬天，鋪天蓋地而來的銳利冷風與漫長無止盡的磨難，結痂後的傷口仍舊在心底隱隱作痛。

深冬時分，世界被無處可躲的嚴寒攻占，我每日顫抖著身子冒雨騎車，雙手凍得僵紅疼痛。好不容易在外頭困鬥一日，潮溼與冷卻惡意地跟隨腳步回到家中，牠們是纏伏在肩頭的獸。為了閃躲牠們的嚙咬，肩頸與背部甚至染上季節性的肌肉發炎。我在黑暗中鑽進冰磚似的被窩，小心翼翼不讓雙腳冰到彼此，用僅有的體溫好久好久後才能把被窩睡暖，夢見遙遠的童年。

家人中，我是第一個遷居北方的成員，如何才能捱過又溼又冷的凜冬，對於這方面的技能絲毫沒有概念。南部的日子，冬和夏的差別不大，偶爾落雨是一種調劑，有風和無風的日子各有各的自在。雖熱，但從不逼懾日頭下的人們。即使寒流來襲，南部的太陽總能戰勝冷氣團，因此並未養成喝熱水的習慣，家裡頭的電熱水瓶只有不論寒暑皆慣喝熱茶的父親恆常使用，我們則幾乎全年喝冰茶水。

每回經過電器行，看到店家陳列的電暖器、暖風扇，各種款式的保溫瓶等，想不透這東西到底要什麼時候使用？冷氣機兼具暖氣的神奇功能，更是如同遙遠國度才特有的稀罕家電。圍巾、手套、保暖大衣等在百貨公司裡展示出一種異國情調，青春期時偶爾嚮往能走在冬雨中，繫著圍巾隨風飄揚的浪漫情懷，吵著要買上一條，也很快被母親雙目一瞪，「買那種東西浪費錢」，只得乖乖作罷。那時候，絲毫還不懂得珍惜南方氣候的溫柔。

父親則超越了季節遷移。軍旅生涯中，曾待過臺、澎、金、馬地區，但他很少說起那些日子。只有在偶爾看到海時，才淡淡地說，那時候住在沿海的山洞裡，天天守著海。南部最熱的夏季，他能白晝坐在悶熱的屋子裡握著筆桿練書法，汗靜靜地流，筆靜靜地畫，冷氣機和電風扇不在他的日用品項目內；冬天，也只穿單薄的長袖上衣，偶爾加一件外套，就是全部了。冷與熱，從來沒開口抱怨過，沉默始終貫徹。他一生中沒打過傘，雨要下就隨它去吧，說完便邁入雨中。我以為父親是鐵打的，不怕冷不怕熱，和他的外表一樣漠然且不會傷心。

北上後，母親陸續買過一些物品讓我帶上，卻還是抵不過徹骨的冷。其中有一只保溫瓶，無奈是百貨公司的滿額贈品，造型精巧卻無效用。但我沒告訴母親，只將它藏入櫃中深處。另一方面，那時正值急切背離家人的遲來叛逆期，即使冷到心裡愁苦，也不願在他們面前表露，不願意他們知道我迫切需要無私的暖意來抵抗陌生的寒冷，更拒絕再聽到母親傾洩的抱怨與哭泣。

我學會模仿北部的冬日，冷酷甚至嚴厲，在電話那頭從不友善。冬晨，情願獨自苦等著水燒熱，急急喝下。

因為苦等，因為急，常常燙傷口舌。

那幾年，和雙親的相處，幾乎只剩下每回載我赴車站北返，無言地在汽車後座看著他們的背影，聽他們拌嘴。答話時，我惜字如金，無聲漫過四周，我們都在這段冰冷的關係中尋求能獲得溫熱的幻影。

一次準備搭車返北，父親為了讓我免去轉車之勞，他捨離家近的鳳山車站，載我到較遠的高雄車站。車齡已久的機車搖搖晃晃傳遞著父親的衰老，我們慢速前行，一路無語。離別前，父親喊住我，把口袋裡的鈔票銅板全掏出來，靦腆笑著要我收下。我一時愣住，不知道該如何做出小時候拿到零用錢的開心模樣，況且那時候我已經能自己工作賺錢。

尷尬地接過一把滿是汗臭的錢，走向月臺，腳步沉重。我穿著抵禦北風的冬衣，被南部豔陽曬烤得大汗淋漓。

列車啟動，晴朗的陽光像一襲被褪下的披肩退到身後，漸厚的雲層隨車行往北覆蓋天際，世界的色彩被染上一層灰階，其餘鮮豔已不具有生命力，反倒成為掩飾疏離的強顏歡笑。低頭讀一會兒手邊翻開的書頁，或是短暫打個盹兒，再抬頭時，車窗上已布滿一條條亮光細絲，蟲一般橫向竄爬，那是細細密密日夜不停的雨絲。蟲的雨絲繁殖速度與車速不相上下，到站前，車輛鑽入地底，黑黝黝的地底隧道取代一切景致，是緩慢的換場，下一刻再度映入窗內的便是終點站。

抵站後，出了車站，北部的風像利刃會刮人骨頭，會扯人頭皮，又像無數細針扎在手指和腳趾尖上，時而銳利地穿過圍巾，伸出指甲勒住我的脖子。

冷到怕了，秋天初訪，就神經質地擔心起折磨人的冬季。後來開始偷偷觀察生長在北部的友人如何穿戴，跟著上街買衣服，學習挑選保暖衣物，這才知道有些毛衣只能穿好看，人造織品並不能真的保暖，若選上好的襪子，連腳趾頭都能暖呼呼地過冬。像是學到新的生存技能，好幾年裡，我熱中察看衣物吊牌上的成分標示，選購毛織品。

沒想到，身體暖起來後，卻顯得心裡的冷越加凜冽。

為了維持心中的暖意，我們不惜將曾經擁有過的愛與恨都拆解成碎片，一一投擲餵火，雖能暫時燃起熊熊烈火，但隨著火光熄滅，失望使得四周更加淒冷，失溫使得對熾熱產生憤怒。直到燃燒殆盡後，我們面前只剩光禿禿的廢墟，沒有人能穿越。被凍壞的面孔，更加難以辨讀。和家人的電話越來越短，越來越少。幸好後來流行起通訊軟體，再尷尬的對話都能透過貼圖粉飾。

又一回，跟著友人及其母親購物，見到她們仔細挑選保溫瓶，講究品牌、容量與保溫時效，大為驚歎，不久後我買下第一只真正的保溫瓶。從那之後，隨時能喝得上熱水怯寒，稍能享受冬日的情趣。

身體暖起來後，彷彿當初學習禦寒技能般，開始學習重新將失落的話語橋梁搭建起來。

從哪個環節開始錯過？從什麼時候開始不再對視？

每一個家庭間的難處，從來不是外人能親易了解或輕言評論，而經年身在其中的人更難追溯脈絡細節。在經過無數的嘗試後，話語的獨木橋漸漸顯現雛形，溝通的荒地才剛踏出新鮮帶有溼泥土味的路徑。我鼓起勇氣，邀雙親出遊，坐在後座看他們一路拌嘴，氣氛僵冷，一切再熟悉不過。

車子往島嶼更南端前行，不久後我們迷失在似曾相識的鄉間，父親一再重複指路，母親一再發怒，爭吵瀰漫在無人的田野間，田裡的作物皆已收割完畢，顯得愈加荒蕪。父親向來方向感最好，出門從不問路，地理方位如候鳥般銘刻在腦海，所以我們出門從來不事先查看路線。但眼見天色越來越暗，我們卻連身在何處都無法確知。好幾次，彷彿將回到熟悉的幹道，但不知在哪個路口錯過了轉彎，隨即又偏離。更多的失誤帶來更多的不安與爭執，我這才從自己的挫敗中抬起頭來，赫然發現前座的雙親已不再年輕健壯，發現父親其實看不清路牌，仍強裝著鎮定要把我們帶回家，可神色卻越來越暴躁、慌亂。他用僅存的記憶判讀歸途，然而沿途新開闢的道路就如爬滿臉上的皺紋快速增生，讓人措手不及。

最後，車子停在一座小鎮的住宅區，眼前的巷子像極了我家座落的那條短巷，幾幢相對的簡樸樓房，搭配幾株並不茂盛的盆栽與黑狗。

我自告奮勇爬上駕駛座，拚命回想十年前剛考到駕照時所依稀記得的駕車手感，踩油門，緩緩上路。我一邊開車，一邊把看到的路牌大聲唸出來，詢問父親確認方向。車上的氣氛終於緩和下來，我們又開回高速公路上，回家的路近在眼前。到家後，我們都累了，父親看不清路牌的事我始終沒說，母親也沒察覺。那次後，我暗自下決心要盡早熟悉開車，讓雙親不用再時時盯著路牌認路，而能夠好好凝望風景。

還記得剛買到保溫瓶的那天，在天光永遠亮不了的晨間醒來，攏著被子蜷縮在床緣，伸手取床頭的保溫瓶，溫溫騰騰水氣自瓶口冒出，我彷彿原始人初見熊熊火光般欣喜萬分。曾經因過度渴望，總被燙傷，好多年後終於漸漸學會兌一些冷水入瓶中，才能喝到冷熱適中的溫開水。而為了不再讓家人的愛失溫與炙人，也學會體察沒說出口的心意，以及妥善保存讓熱度延長。

婚後，我總在冬晨第一個醒來，先煮一壺熱水，替自己泡一杯奶茶，坐在窗邊看書。待父親起床後，替他泡上愛喝的熱茶。再過一會兒，Y起床時，壺裡的水還夠沖杯咖啡。他怕燙，此時溫度剛好。

炸雞塊

如果有人問我，生命中最幸福的時刻是什麼時候，只要閉起眼睛，我就會回到那一天。

鳳山的老家據說是很久以前一個姓盧的警察看中了這一塊當時只有用來隨便種田或種點絲瓜的農地，拿了一筆錢把這些地買下來，蓋了當時最流行的「二樓三」透天厝。這種透天厝從外面看起來是三層樓，但是實際格局有五層。在一樓和二樓中間的那一層是我和姊姊的房間，因為是用夾層創造出來的空間，所以天花板不高，但是對小時候的我們而言，已經夠高了，如果想要貼星星在天花板上面，只要站在鋼琴椅子上就可以搆得到，布置起來很方便。

那個房間唯一的窗戶是面對後巷，只要打開窗戶就可以聞到鄰居炒菜的味道。每到星期天，鄰居煎紅燒魚，飄來鹹鹹甜甜帶有大蒜與蔥的香味。對面的鄰居大便時我們也會知道，倒不是因為味道飄過來，而是他們家的人說話都很大聲，當媽媽扯著嗓子在喊小孩的時候，小孩就會不甘示弱大吼：我在大便。

母親找來做木工的在靠窗的那一邊釘了一排書桌，靠牆的部分則釘成書櫃。書桌長長的，安裝了四個抽屜，我和姊姊一人兩個抽屜，剛好將桌子一分為二，一人占據一邊。我們可以各自設計自己的書櫃，除了擺上不多的圖書外，還會想像多出來的空間是娃娃的家。等到姊姊升上國小高年級，開始跟同學去逛唱片行、服飾店，她會把書櫃設計得像百貨櫥窗，我則是很羨慕地學她，結果總是弄得亂七八糟。童年的時候，我幾乎都在模仿姊姊中度過。

但是還是有一些事情是我特別想做，而姊姊不感興趣的，例如手工。我花費更多時間在製作、鑽研各式各樣的手工藝品。

有一段時期，鳳山最大的書局進了很多材料包，其中有一種是可以用繩子綁成一束，再依照說明書的方法，把繩子梳開來，黏上會轉來轉去的塑膠眼睛，就變成了一隻西施犬娃娃。母親因為不是巧手，也許是持家所帶來的煩心，讓她的耐性漸漸被消磨殆盡，但是她看到我做的小手工品總是讚歎不已，彷彿那是從美術館裡端出來的藝術品，並且高高地擺在家中顯眼的地方。即便是上了高中，母親房裡的書櫃上還擺放著我國小一年級美勞課製作的小船。因為母親的珍藏，讓我每次看到那艘船時，便會想起老師發下材料的那一刻，我一心想著要打造出全世界最美的小船的心情。而說也奇怪，那份心情始終在我心裡，像咒語一般，每當我要開始製作一個全新的東西時，心裡就會再次升起這樣的感覺。

那天是我十歲生日。在學期結束前，老師要我們在美勞課時用牙籤做成自己喜歡的東西，完成後拿給老師看，就可以得到成績。不知道為什麼，我第一個想到的便是鋼琴，即使我鋼琴彈得並不好。每次上鋼琴課時，我可以感覺到老師的苦惱，因為我不管練了多久，進步都不大，譜上用鉛筆畫了滿滿的記號、筆記，還特地把強、弱符號像龍捲風一樣圈了起來，可見得老師有多崩潰，但下個禮拜上課時，我還是彈出呆板無聊的旋律。我也不懂為什麼自己沒辦法彈奏出誇張的情感，那些聲音好像被鎖在身體裡面出不來，所以上課時我也不敢跟老師說話。儘管如此，每次鋼琴考試成績不理想，母親還是一再把她少數會的幾句格言唸給我聽，例如「有志者事竟成」。

整個禮拜，只要一有空，我便在腦袋裡構思著該如何用牙籤做一架鋼琴，細節該如何處理。我坐在鋼琴前面動著手指頭，但是並沒有在聽自己彈得對不對，只是把母親規定的練習次數彈完。在那段期間裡，我好幾次忍不住要趕快開始動手製作牙籤鋼琴，但都耐著性子忍了下來，因為我需要的工具還沒準備好。

母親一向很放心交給我需要的工具，包括亮光漆、手套、刷子等，而且只要我不要把家裡弄得太亂，記得收拾好，基本上她不會管我要做什麼。

為了讓鋼琴看起來更完美，不像同學做的東西都帶著尖尖的牙籤頭，我用尺一根一根量著牙籤，把牙籤兩端尖尖的頭都剪掉，並且修整到每根牙籤長度一樣。另外還準備了一端是尖頭，一端有刻痕的牙籤，那種牙籤當時才剛出來，比較貴一點，所以我只準備了一包，打算用在必要的細節。

早上起床後，我很快練完鋼琴，便坐在書桌前按著心中所計畫的步驟開始動手。因為醞釀已久，一旦開始就很難停下來，就連上廁所喝水也是萬不得已才去，甚至忘記那天中午有沒有吃飯，只記得一刻不停地在房間裡進行我的偉大計劃。為了讓樹脂有足夠的時間風乾，分了幾個部分進行，並且仔細計算過每個部位的牙籤支數，務必讓結構工整，就連讓牙籤黏得整齊的方式也下了一番工夫，甚至還依照比例做了一張椅子，就和房間裡的鋼琴與椅子一模一樣。全部完成組裝起來後，我便迫不及待拿出顏料，伸著脖子，用極小的水彩筆上色。黑色的琴鍵與白色的琴鍵，我小心翼翼地塗上顏色，幾乎花光全部的力氣，但為了一口氣完成計畫已久的夢想，撐著最後一絲力氣刷上亮光漆。此時，當我從書桌前抬起頭來，才發現房間已經籠罩在一片昏暗中，外頭的天光不知何時已如浪潮般退去，時間已經很晚了。

我從書桌前站起來，打開房門，家裡靜悄悄的，母親正在廚房裡準備晚餐。因為一整天全神貫注和牙籤奮戰，不知道自己到底發生了什麼變化，只覺得全身的力氣也隨天光離去，接著我便躺在房間中央的地方，疼痛慢慢從身體的內部擴散開來，最後聚集在頭部，好像有數百支牙籤戳進腦袋裡。

那天晚上，我發高燒。母親到巷口藥局拿藥，半夜時把我叫起來吃了幾次藥，喝了一些舒跑。整夜昏昏醒醒，醒來時頭痛欲裂，身體輕飄飄，手腳卻沉重無比，我直到隔天早上才退燒。

醒來後，我趕緊跑到書桌前查看昨天的成果。經過一夜，亮光漆已經乾得差不多。我把牙籤鋼琴拿給我母親看，她照例一直稱讚到我自己都覺得不好意思了起來，一句都沒提生病的事。到現在，那架牙籤鋼琴還擺在鳳山老家的書櫃裡。長大後，因為看到牙籤鋼琴有些破損便想要丟棄，都被母親拾了回來。

母親對我們的教育一向是在嚴格中有規範，而她少數堅持的幾件事情只要不要逾矩，其餘細節一概放任。還記得有一次我要求晚餐只吃雞塊，而且是很多雞塊，母親欣然同意。她到超市買了冷凍雞塊，回家炸了一大鍋，堆了滿滿一盤，我和姊姊興奮到說不出話來。母親還說，吃不夠可以再加，如此慷慨。

我們坐在上面有注音符號和九九乘法表圖案的小桌子旁，一塊接著一塊吃，吃到後來肚子越來越撐，但是難得遇到這麼好康的事，如果不把盤子裡的雞塊都吃完實在太可惜了，於是繼續把雞塊放進嘴裡。吃完後，心中滿足得不得了，但是過沒多久，我懷疑剛剛吞下的雞塊可能沒有嚼碎，雞塊凸起的一角固執地頂著我的胃，連帶讓全身動彈不得。

當天晚上，我又發燒了。母親依舊無怨無悔照顧我直到痊癒。後來，有好幾年的時間，我都沒再吵著要吃雞塊。

像這樣遇到想做的事情，便義無反顧去做的例子不少。曾經因為愛喝玉米濃湯，於是宣布當天晚餐我要自己喝下四人份的玉米濃湯。那時我已國小六年級，拜母親的信任所賜，會自己料理不少簡單的食物。我到巷口的雜貨店買了玉米濃湯粉，照食譜說明的比例，還打了四顆雞蛋的蛋花，煮了一大鍋的湯，便捧著湯鍋坐在電視機前面一杓一杓喝了起來。母親坐在旁邊看電視，就好像我只是在做著一件極其平凡的嗜好。

果然，喝完後我又生病了。

我和Y說起這些往事，他聽了驚訝不已。他家中管教甚嚴，很難想像我母親如此隨興的作風。但母親的做法並不是來自任何教育理念的堅持，而是發自內心覺得沒什麼不妥，試試看便知道了，也讓我因此有許多親身嘗試的失敗機會。

現在，每當我又有新的想法，就會想起十歲生日那天，獨自在書桌前不被打擾地把腦袋裡的想法用雙手實現出來的美妙過程。時間是靜止的，聲音是不存在的，各種想法在同時運轉，試著找到能夠彼此配合的體系，最後不可思議地配合在一起。

往後我所做的每件事，都像是為了重溫那一天。

番茄炒蛋

連續好多天起床就頭痛，脖了三百六十度轉，怎麼轉都不靈活，再轉就像是螺絲鬆掉了。Y說這就是步入中年，越來越多地方莫名的疼，越來越痛，慢慢加劇，痛到無以復加，沒有更多地方可以勻出來痛的時候，就死了。說完他又倒頭繼續睡，全身自在放鬆，不像我成天緊繃繃的。

我只好爬起來做些簡單的拉筋，想辦法把骨頭折來折去，希望能緩解頭痛。好不容易把筋骨鬆開，腦袋卻依舊像灌了漿，翻開書本一個字也讀不下去。繼續耗下去也不是辦法，便決定煮點東西轉移注意。做飯幾乎成了我休息、腦子放空的方法。可是做飯時又要全神貫注，心裡仔細估算著每個步驟、火候、味道。大概像我這樣腦袋停不下來的人，做飯就是最好的紓壓。

熱一個油鍋，下蔥段爆香，接著就下甜不辣炒。

這段日子，一週有三、五天要到排練場。從六年前開始了公益演出計畫後，每年的夏天和冬天便有幾個禮拜固定要排戲，緊接著趕在秋天來臨前、春天結束前去到各式各樣的地方演出。除了劇場空間外，多半我們去到非正式表演場地如醫院、療養院、基金會等機構，希望將演出帶給因為各方面身心疾病而較少機會去到劇場的朋友。這六年裡，多虧了一群吃苦耐勞的夥伴，用手工的方式慢速打造出一個個作品。演出期間，還要搬運器材，在短時間內裝設舞臺與拆卸舞臺，而後且要忍耐漫長的舟車勞頓才結束工作。

排練的時候，吃吃喝喝不可少，零嘴雖無法解飢，但能暫時消除疲倦。今年一起排戲的這組人馬，嗜吃辣。即使大熱天，也要頂著太陽買到一碗酸溜溜辣呼呼的米線，窩在沒有冷氣的排練場吃到滿頭大汗才覺得過癮。至於辣味的餅乾、洋芋片、海苔更是來者不拒。

上回排練時，早上先醃了小黃瓜，擱在冰箱裡冰鎮。上桌前，以往是淋上一匙香油，各種味道會更加融合。那天特地淋上一大匙雲南辣椒油，除了醋的酸香，浸在油裡的乾辣椒散發出香氣吸引每張愛吃辣的嘴巴。

這次想做的是韓式小吃。鍋裡的甜不辣差不多炒熱之後，加一大杓韓式辣醬。通常辣醬用來做辣炒年糕，但幾次買到的韓國年糕都帶有加工品的怪味，後來就改用甜不辣代替，口感較軟，老人家也容易下嚥。最後再加一大把韓國泡菜、切好的水煮蛋，快速拌炒，裝盤後，撒上芝麻，這一大盤辣炒甜不辣就是晚上要帶去排練場慰勞大夥的點心。

接著再次起油鍋，先清炒雞蛋，趁著還軟嫩時趕快起鍋。跟著把冰箱裡能翻得到的青菜、素料全都切絲。同時還一邊煮了一把麵條。

在我們的劇組中，負責舞臺設計的陳是吃素的。通常她隱居於山林中，和夥伴自造房舍、復育土地、種菜。不只一次聽她聊到，從大學時開始接觸劇場，就一直從事舞臺設計與製作，漸漸地感到過程中大量製造廢棄物，身心也同感被耗盡。幾次旅行後仍舊無法忽視心中對自然生活的渴望，於是便生發了出走的意念。幾年前離開劇場的工作，加入實踐綠建築的團隊，開始在山間穿梭。到山上的第一年，她邀我到座落在市區近郊，當時尚鮮為人知的生態村參觀，那裡曾是一座寺廟，周圍的土地在更早之前是垃圾掩埋場的一部分。他們往下挖了將近一層樓高，清出好幾車的垃圾，又花了幾個月的時間修復受傷的土地，才終於開始種植蔬菜。挖走的垃圾不會消失，只是被送往另一座人煙稀少的山谷掩蓋起來。但是陳總不忘記從土裡掘出的垃圾，所以身體力行減塑生活。

去到生態村的那天，他們還在搭牆，不過材料全是由工地淘汰下來的廢棄建材、窗框，還有空啤酒瓶。為了將這些蒐集來的素材整合在一起，就非得一點一滴的拼湊，兼顧通風與採光，好減少屋內能源消耗。陳指著地上一落一落的材料為我說明，我順著她的手指看著才搭一半的牆想像完成的模樣，這時瞥見屋內一隅有頂帳篷，一問之下才知道這便是陳在此的臥房。白天是工地，晚上搖身一變成為半戶外露營，時值寒冬，山上的風並不留情，但說到夜裡有蟲鳴，早晨有飛鳥作伴，陳也不以為苦。下山時，偶爾會摘幾把青菜分贈給朋友。

練就了一身四處為家、席地而睡的本領，籌備演出的前製時期，陳天天睡在排練場。醒來就敲敲打打，獨自思索著舞臺製作的各種細節，以純手工的方式完成機關繁複與美感兼具的舞臺。每日推開排練場的門，總為陳連夜創造的奇蹟驚歎不已。不過這兩個多月裡，陳只能天天吃隔壁巷子的菜飯，為了聊表感謝之意與替她換換口味，做飯時，會特別煮幾道素菜帶去。

頭幾次做了三杯杏鮑菇、椒麻豆腐，我和陳說，妳點個菜吧。那就再做個番茄炒蛋，她說。

我偏愛將番茄切得碎些，但又要保留口感，炒到出水後起鍋備用。等蛋炒好後，再次下番茄拌炒，接著加入做義大利麵時所用的番茄糊，這樣可以避免坊間做法加番茄醬而味道太鹹的問題。

常常一邊幻想料理發明之初，可能是一場誤會，或一次錯置而產生的美麗結果。每道料理約莫都起始於創意吧。將不尋常的食材擺放在一起而激發出意想不到的滋味，經過累世累代的承傳與改良，終於成為常見的菜色。做菜前，對味道的想像，做菜時，突然而來的靈感，食材會彼此呼應、融合，形成當下才有的好口味。如同劇場，在進到排練場之前，永遠都無法事先知道成果，只能在過程中不斷嘗試，讓每種能量盡情發揮。

做完菜，頭也不痛了。把飯菜盛進便當盒裡，準備出發去排戲。

出生

父親來看我，那是我成為母親後的第一次。

在那之前，每週例行到中心探望父親，察看櫃子裡的衣物、日用品是否齊全，又叨唸他鬍子留得太長，順手拿起桌上的刮鬍刀要幫他剃鬍子，父親連忙閃躲，嚷嚷著要留鬍子學唱大戲。我一方面像個囉嗦的母親檢查起指甲，不一會兒又忙著擦拭桌面、清理抽屜，一方面仍舊是這兩年多來始終無助的女兒，想用忙不完的勞務閃躲父親記憶損壞後有如無限輪迴的地獄般的提問。直到房間整理完畢，我才在隔壁的空床上坐下，父親照例問起千篇一律的問題：親友、母親以及守了一輩子的老房子，是否都各個安好？

或許是習慣我的陪伴，他的目光停留在我身上的時候少，望著遠方的時候多。我終於不耐煩起來，指著自己漸漸隆起的肚腹，父親這才眼睛亮了起來，問我是男的女的。隨即又說，男的女的都好，女的更好。他不只一次誇口自己的兩個女兒有多麼好。

有時候，我疲於挑戰他的記性，幾近放棄不願再提起懷孕的事。Y在一旁好意要藉由這個喜訊將父親從記憶的牢籠中釋放出來，我賭氣地說，反正他過一下子就忘記了。Y仍耐心慫恿，且不厭其煩地每回都拿起手機紀錄父親露出驚喜之情的一刻。

Y因為他的好脾氣，在父親混亂的腦中奇蹟般地留下痕跡：雖然沒辦法喊出他的名字，但父親認得他。還同住時，每在我們父女倆嘔氣時，他會出來打圓場，把父親領到客廳，挑選父親愛看的老電影，嘴上還招呼著：這麼巧，電視上正在播梁山伯祝英臺。父親聽了大喜，煩憂立刻煙消雲散。就這樣，他陪著父親看了不知幾回的梁祝。

不管我來照護機構探望幾次，不管隨著懷孕週數增加突起的肚子越來越明顯，父親總是轉眼就忘了即將要迎接外孫的好消息。每一次，他都像是第一次聽到般而歡喜，然後在下一瞬間閃神時便抹去這段對話。我知道，這個孩子終究是無法留在他的記憶中，不免感到落寞。

然而，卻也是在與父親相伴的綿密時光裡，難以數算的共處與難以計較的日日爭吵之間，確實感受到親情之愛。連自己都感到不可思議地居然在勞煩困頓中，竟漸漸明白了孕育下一代的美好。甚至，偷偷期待著腹中的孩子長成後，也能學會背叛、離開我們，學會在爭吵中看見切不斷的聯繫，學會疼痛與癒合。

直到預產期將近，在產前最後一次探望父親時，即使知道他不會記得，還是叮嚀要聽護士的話，即使知道他不會記得日子過了多久，仍擔心好幾週無法來訪會讓他寂寞。我們再三拜託照護機構人員多加看顧，才不捨離去。

那段日子，我們沒有和大部分的新手爸媽一樣，張貼黑白超音波照片或是向熟人大肆宣揚，而是默默地孵著這個祕密。無意間知道的人總問，怎麼沒聽妳說。我經常是笑而不答的。

事實上因為這兩三年來接二連三遭逢家中的變故，不知怎地就害怕起這樣美好的事情若提早說了會破壞無法言說的神祕，明知這和無常人世的悲歡離合比起來，只是生命所依循的輪替，卻還是寧可小心翼翼地，忍耐著地，等待。

又因表面上看似堅強，實則已脆弱不堪，所以更加不想說，怕說了會無法控制情緒，又像無謂的抱怨。

我是善妒的。想到姊姊懷孕兩胎都有父親與母親的陪伴，孩子出生後，且有母親幫忙照顧。父親那時體力尚可，常推著嬰兒車帶孫女散步到老家附近的車站，在櫃臺買一張月臺票，便進到月臺上看來來去去的班車。到吃飯時間，再沿著鐵軌旁的小路慢慢走回家。

產前，熱心的朋友傳授月子期間不可飲水，入口的湯品都要用米酒水煮，又說到月子後她母親持續在家裡幫著煮黑豆水發奶等。我聽著聽著，不由得暗暗埋怨起誰替我張羅這些呢？

懷孕滿四十週，在醫生的評估與建議下，決定剖腹生產，以確保胎兒健康。走進陌生而冰冷的產房後，在護士的引導下爬上產檯，我全身只著單薄的手術服，因不克低溫而無法抑制地顫抖。此外，產檯竟意外地窄小，手臂置放在兩側延伸的支架上，有如行刑的十字架。我因為害怕，囁嚅地問，能否讓我睡去。個性爽朗的麻醉師阿姨抓著我的手解釋，若母親施打麻醉昏睡，會影響胎兒。想到要醒著被切開腹部，從切口處捧出等待出世的孩子，不禁感到更冷，全身抖得更厲害了。為母則強，似乎沒有在我身上應驗。我癱軟的身體除卻恐懼萬分，感受不出任何力量，期待與好奇亦被淹沒。

這時，就像許多人在這一刻曾想起的，我想起了總是被我瞧不起的母親也曾經歷過這些，而她永遠沒有機會見到我生下自己的孩子，儘管我不想讓這一刻變得過於戲劇性與肉麻，還是忍不住流下溫熱的眼淚。麻醉阿姨一邊和護理師閒聊其他醫生的八卦，一邊拿紙巾替我擦眼淚，叫我不要怕。

在淚眼中，迷迷糊糊聽見粗嘎的哭聲，還在疑惑著那是什麼聲音，護士已捧著孩子湊到我眼前數著手指與腳趾，一、二、三、四、五。

這些，也都被淚水浸溼，是這樣子地想著母親。那一刻，我依舊是無助的女兒，我不確定自己已準備好成為母親。

母親逝世的悲傷，為何會如此讓人難以釋懷？她走後的每一天，我彷彿初生的嬰孩，學習走路、說話、奔跑，學習堅強、接納、溫柔，初訪人世的啼哭不絕自心中湧出，不曾停止。

然而術後醒來，已是母親。

看著健康的孩子扭動四肢，我們才終於能放膽地開心與親人分享喜悅。幾天後，叔叔特地將父親接出來到醫院探望剛出生的孫子。

我們站在玻璃窗前看孩子在小床上酣睡。父親反覆問，男的女的。男的，我答。一會兒，他說要走了，我知道是因為他腿力不如從前，想回去休息，但還是忍不住問，不多看一下嗎？

看得差不多了，再看也就這樣，父親一如往常灑脫回答，說完轉身就走。

我們回到接待室歇息，很快地，他已忘了剛才那張新生的稚嫩臉孔，也忘了他想起母親無緣見到孫子而流下的眼淚，甚至忘了此行的目的，愉快地喝著接待員替他倒的熱茶。

我問他，還記得來這裡做什麼嗎？他笑笑地看著我說，我來看妳，我的女兒。

成為母親後，越來越感到我也是健忘的。雖然不是轉眼就忘，但相差不遠，恐怕若不寫下來，幾年過去，將不復記憶。

而一旦寫下來，彷彿將心中最沉重的託付給紙與筆，託付給能守護祕密的文字，因此就算忘了也無妨。

小女兒之長子約拿順利從魚腹中降生，於是馬康多鎮又增加一名新成員。

邦迪亞上校仍每日鍛造小金魚，並且自去年將其中一尾送給某人Y之後，終於替第六尾小金魚找到主人。

他對約拿說，喏，拿去和你一起養大吧，待承接預言的那日，它會成為你的盔甲。

銘刻在生命年輪上的聲音

孩子出生後，我們自醫院轉往月子中心，展開一段類隱居的哺乳生活。在那裡，有護理師二十四小時輪班照顧新生兒，換尿片、餵奶、洗澡、每日測量體重體溫等，讓產後虛弱的孕婦能好好休息，恢復體力。甫出生的嬰孩正要開始在這個陌生世界裡大顯身手，還不懂得日與夜的分別，全憑食慾來決定睡與醒，醒來第一件事就是張嘴大哭。我們的房間緊鄰嬰兒室，晝夜不息，嬰兒的哭聲自薄薄的壁板傳進耳裡。據說，自母胎起，寶寶就認得母親的聲音，期待聽見母親。而嬰兒出生後，母親聽見索食的啼哭，會刺激大腦下達指令分泌乳汁，這大概是最原始的「聲控」裝置。難怪每個新手媽媽聽見急急催促的嗷嗷待哺聲，總會不由自主地加快手腳，想要盡快滿足飢餓的小嘴巴。

月子期滿準備回家前，護理師特別提醒，第一次回家的寶寶會有許多不適應，其中一個原因就是環境的聲響不同。在他們的世界裡，初有黑與白，一點點微弱的光影搖晃，聽覺反而敏銳許多。

回到家後，我抱著他坐在床邊，仔細聽著家裡以及家外的風吹草動，昔日的寧靜突然像放在顯微鏡下被放大檢視，幾里外的車陣、機械、音樂、談話聲，也許還有流水與風、掃地或做飯、無意義的敲打所發出的噪音，在遠處融合成一支合唱曲，構成了一片聲音的風景，持續發出低鳴。因為在遠處，我想應該不成問題，孩子也緊閉雙目熟睡地讓人放心。

入夜後，一日愉快落幕，正要躺下歇息時，孩子的哭聲卻毫不留情從小小的身體裡傾瀉而出。猶如啟動另一個聲控開關，我們手忙腳亂地抱起孩子，身體不自覺地輕晃，讓自己成為一座柔軟的搖籃。久而久之，口裡漸漸的哼唱起沒有開頭與結尾的曲調。當然，好幾個夜晚就這樣哼著唱著，自己也打起瞌睡來。

往後，抱起孩子總不知不覺唱歌，此時語言退位，口舌不用再講究咬字與發音。有好幾次，我從幾個簡單的音符出發，時而激昂時而輕柔，竟然唱出自己亦感到陌生的音調，驚訝地發現到原來某些聲音的組成方式潛伏在我的大腦深處，那是與Y的唱謠風格迥異的。他的「曲風」經常較活潑、輕快，並帶有一點豪放，若用顏色作比喻的話，是屬於色彩鮮麗、繽紛。我的曲調則是帶點灰色與乳白，顏色之間經常交疊出模糊地帶。這兩種分別來自父與母的聲音，自然地有其陰與陽的和諧，日日交錯在孩子的耳畔，他也越來越習慣閉目聆聽每一場為他演唱的音樂會。

因此，這天下午當我走進隱身在公館巷弄間的二樓展場，遇見聲音藝術家大衛・圖伯（David Toop）的「消失的影子——守護靈魂」深受吸引。這部聲音作品紀錄位於巴西與委內瑞拉邊境的少數部族「亞諾瑪米人」的薩滿教儀式。

這個在雨林中離群索居的部落，性情兇猛好戰，他們相信天空是由巨大的金屬柱子支撐著；相信亞馬遜叢林是從天上跌落的另一個天空；相信亡者的靈魂需要保護，而靈魂得到救贖的方式是由親友將其骨灰吃掉。透過薩滿巫師，亞諾瑪米人世世代代和創造世界的神祈求，以免末日的災難再度降臨。

一九七八年，大衛帶著錄音設備進到部落，陸陸續續錄下儀式中的吟唱。

在他的日記中提到，巫師在吟唱前會先服用致幻劑，以達到神靈附體的迷幻效果。而這種用肉豆蔻植物研磨的粉末，是透過一條長管，從鼻子吹入。在原始的生活裡，信仰與醫療密不可分，巫師的吟唱除了與神靈交談，更重要的功能是治病。在大衛的錄音中，大多數是為了後者的功能而展開儀式。

戴上耳機，狂放的嘶吼直入耳膜，近似泣鳴與咆哮，讓我不禁倒抽一口氣，趕緊把耳機拿開。但我知道那是因為受到文明長久的束縛，所以下意識地將不熟悉的吟誦歸類為「不悅耳」。然而就和語言的潛移默化一樣，音樂也是經由每個地區使用聲音的習慣漸漸形塑而成。有趣的是，在大衛的日記尾聲中卻提到，亞諾瑪米人並沒有音樂的概念。而從後來所閱讀到的資料中得知，他們也沒有文字記載的行為，而是透過「傳唱」的方式，不斷咀嚼祖先的話語，並且承傳給下一代。這正好與孩子的世界十分相仿。在語言暫時缺席的起初，自口所出的聲音，可連貫可斷續，可造高與低、快與慢等變化，貼合著情緒的起伏，話語與音樂並無分野，在溝通最激烈時（如與不可見之力量的對話），自然能成歌調。

不同於大衛的作品紀錄著文明造訪前的神祕世界，展場的另一側呈現的是文明離去後荒涼。

一九八六年，蘇聯烏克蘭爆發「車諾比事件」，因該區核電廠的核子反應爐破裂而導致爆炸，並釋放大量高能輻射物質到大氣中，影響範圍廣大，甚至超越國界。事件發生後，相關單位緊急撤離該區三十多萬名居民，原本繁榮的城市街景一夕之間變成空蕩蕩的鬼城。許多年過去了，人們對於車諾比的想像在恐懼中無限膨脹，電影與文學創作常藉此題材，無論是創造頗具效果的驚悚劇情片或是深富隱喻的警世故事，長年來的隔離，讓這裡的時間凝結在爆炸的一刻。然而，所謂的鬼城並不是完全無人，仍有數千名勇敢的技術人員留下來做善後與維護，而部分曾遭強制搬遷的居民因無法適應移居的城市，抱著懷念家鄉的心情回到此地，再次展開生活。聲音藝術家彼得・科薩克（Peter Cusack）帶著錄音設備進到寂靜的空城，尋訪執意留在此地生活的人民，錄下他們的心聲，以及他們仍舊澎湃的歌聲。

在這部於二〇〇二年完成，集結了多支錄音的作品「來自危險地域的聲音」中，彼得用聲音代替眼睛，讓聽者仿如親臨車諾比。其中包括了機械運轉與輻射計的嗶嗶聲、電纜劈啪作響，乾涸的游泳池、破敗的公寓、還來不及啟用即遭廢棄的摩天輪，在孤寂的城市中任風吹拂。

在幼稚園裡，孩童的鞋子散亂地遺落在房間裡，上面覆蓋著二十多年來無情颳入屋內的塵土與落葉，至於被風帶走的有哪些東西，就不得而知了。在另一間教室裡，課本與圖畫書散落在四處，內頁的彩色照片上還可辨認出國王與皇后的身影，不過孩子們的讀書聲卻消逝已久。彼得錄下走在書頁上的沙沙聲，他的腳步因為周圍的寂靜而顯得特別緩慢，充滿遲疑。

來到車諾比鎮的中心，酒吧裡聚集一些駐紮此地的軍人，音樂震天，週五夜晚的享樂與放縱不會因為災難而失色，反而更能撫慰人心。

在彼得所到訪的幾個村莊中，其中史托皮亞奇（Stovpyagi）是專門收容疏散者的新興村莊，村民侃侃而談撤離家園後的生活如同被放逐一般，年長者尤其感到難以適應。人們朝思暮想家鄉的庭院、樹木、作物，即使知道回去後會受到健康上的威脅，仍舊無法敵擋動物般回到巢穴的本能，想要回去。相較於一般研究在關注核災事件後，多著重在健康方面的影響，彼得在他的文字紀錄中提到，「如果心理和精神健康真的是最需要關注的問題，我們應該聽到更多關於這方面的訊息。」雖然無法聽懂錄音檔案中的語言，但從農民談話的語氣、馬車轆轆駛過，在我腦海中浮現的幻想不只是回到可親的家園的欣慰景象，更是人回到自然懷抱的意象。

其中一段婦女的歌聲，沒有女性慣有的嬌柔，帶有沙啞的喉音反倒是襯托出屬於土地的剛毅風格，讓人不禁聯想到充滿勞動的生活。歌詞中，一次次呼喚親愛的村莊，卻又無比溫柔。

聲音，遠比我們所以為的能傳達更多。

我特別喜愛幾段關於動物的錄音。事件發生後，人類的蹤跡消失，取而代之的是動物和鳥類，植物大舉入侵人造建物，隔離區內反而成為野生動物重要的棲息地。特別是鳥叫聲，不絕於耳的鳥叫聲，彼得提到，在他的每一筆錄音中，都有各式各樣的鳥鳴，幾乎無法避免。他錄下花園中啼叫的夜鶯，也錄下黎明時分，杜鵑、山雀等鳥類在樹梢對唱，還有象徵新生命的雛鳥在鳥巢裡細細尖叫。我一邊聽著啾啾鳴唱，一邊讀著牆上的詩作，作者是當地七十多歲的老婦人，詩中描述風與樹木們的對話，「我在世上活了／超過一百年／我不曾見過／人們這樣搬走／丟下他們的屋子」，突然有種熟悉的錯覺。

我想起在鳳山的老家曾有一段時間無人居住，房子像一座巨大的冰箱，封存著我們一家人三十多年來的什物與回憶。每隔一陣子，我會想盡辦法抽空回去。同一條巷子的老媽媽每回一見到我出現在巷口，就嘮叨起我家種在頂樓的盆栽如何枯萎凋謝，葉子如何堆積在排水孔，若是下起午後雷陣雨，恐怕會淹水而至漏水。又叮囑我要趕緊找人來把外牆的不鏽鋼花架拆除，以免生鏽後從高處摔落。進到屋內，我習慣先打開裡裡外外的水龍頭，水管總是咳嗽般噗噗響的吐出一些水，最後才順暢地流動起來，好似輸血一般灌輸生命，給予閒置已久的屋宇些許滋潤，接著我才動手整理堆積如山的陳年舊物。

蜘蛛網和壁癌悄悄爬滿牆角與天花板，疑似漏水的痕跡在牆壁上攀爬，猶如長年辛勞造成的靜脈曲張。好多個夜裡，我將童年的臥房整理到勉強可睡的地步，躺在床上諦聽著屋內的空寂。除卻臥房的光源，透天厝其他角落被黑暗占據，我害怕得不敢踏出房門半步。在被窩裡，回想著在這個家裡曾有過的各種聲音：父親和母親截然不同的腳步聲（有時還能暗示他們生氣或開心的心情）、在漫長的學習過程中反覆的練琴聲、抽水馬達轟轟鳴響、國中畢業收到的禮物風鈴，馬桶沖水、關門上鎖、電視與電話、拉開椅子坐下……。還有僅隔著狹窄防火巷的鄰居對話，他們是終其一生都沒有打過照面，卻日日雞犬相聞的陌生家人。住巷子底的鄰居習慣騎著改造過的野狼機車衝進巷尾；對門那戶人家的電視老是開得很大聲；傍晚時婦人們在外面散步、閒談，這些都是坐在屋子裡就能聽見，且習以為常的日常音景。構成關於家的記憶的，不只是所能觸摸到的家具、視覺上所能見到的擺設，還有獨一無二的音場才能組成的聲音記憶。而這些無形的生活證據無法收納或拍照保存，有朝一日，都將逝去。唯一留下的，恐怕就是經歷時間凝結後的情感。

這場名為「電影耳」的聲音展覽是由法籍聲音藝術家彭葉生（Yannick Dauby）所策畫。他在二〇〇七年來臺定居後，經常走訪各地採集不同樣貌的聲音。他的作品「山林」除了紀錄座落在臺灣北部的太平山之音，也透過訪談，再現山林與人類歷史變遷共生的足跡。「山林」中，老人敘述住在山上的母親因難產，臨時用載運木料的蹦蹦車送下山，卻在顛簸的路程中，孩子緊急誕生在橋上的故事。如今她繼續在這裡討生活，山就是她的家。在昏暗的播放間裡，閩南語與國語交替發聲，一字一音間，又允許了更多想像與理解。

聽著耳機裡傳出來的錄音，即使身在空間有限的展場，也能被帶往遼闊無垠，甚至有機會碰觸超越時間的靈魂。每一則展出的音檔，都像是精心挑選後的微觀宇宙，放在顯微鏡底下放大閱讀，呼應著多樣貌的真實人生。從亞諾瑪米、車諾比到臺灣的山林，這些都是關於家的聲音、家的記憶。離開展場時，我覺得身體好似化作一只貝殼，各式各樣的故事以及其所盛載飽滿的情感和我的生命纏繞成螺旋的殼，洋溢的聲響在裡頭迴盪。

新生的孩子很快就適應回家後的生活，甚至過不久後就能一覺睡到天亮。但我還是常常趴在他的床邊唱各式各樣的曲子，即使他早已經熟睡。更多時候，孩子在我們的交談聲中進入夢鄉，話語也是一支歌。就如同聲音藝術家尋找錄音對象、地點，選擇融入或旁觀，採取完整重現或剪輯、重拼的後製手法，將音訊檔案重構成關乎自己的聽覺經驗，聲音事件亦藉由聆聽的耳朵得以留存，銘刻在生命的年輪上。我也將曾經聽見過的一一記住，日日進行轉譯或詮釋，時時吟唱與訴說。看著孩子熟睡的小臉，彷彿看見一只嶄新近似透明的貝殼正在成形。

從魚腹中降生後，長子約拿隨即登上拾來的方舟。雖然還沒下雨，洪水還沒來，但已經在母親的懷中感受到浪一般的搖晃，也漸漸愛上父親如波濤般的吟唱。

幸好沒有遺傳母親的暈船，他繼續吃手手，繼續航行。

飯糰

午後，窗外如常籠罩在南部飽滿的豔陽下，熱氣從覆蓋灰塵的玻璃窗穿入室內。鋪著地毯的音樂館吸附著多年的腳味，青春的身體肆無忌憚地散發氣味，冷氣機的轟轟運轉聲催人入夢。

每次提起高中時我唸的是男校，身旁的人總會驚訝不已。這所高中雖然是歷史悠久的男校，但卻破例在每個年級招收一班不限男女的音樂班。在這樣的班級中，女生人數壓倒性地多過男生，極少數的男生則享有各方面得天獨厚的優勢以及被全校男同學嫉妒的權利。

每週有一個下午，音樂班一到三年級的學生會集合起來上聽寫課。這裡說的聽寫課不是國文或英文測驗中的單字、詞語考試，而是聲音的聽寫。從單音到五個音，旋律、節奏、和聲，只要坐在鋼琴前的老師能敲出來的聲音，我們都要在有限的彈奏次數中立刻在五線譜上記下來。

為了方便授課，學期初會有一次大測驗，三個年級的學生集合在演奏廳考試，再依照分數編成A、B、C三個班級。我通常分到成績最差的C班。即便是如此，上課時多半還是聽不懂，或是傻楞楞地聽完老師彈了三次，卻才剛記下第一小節的音符。遇到同時彈出四、五個音堆的時候，對我這雙遲鈍的耳朵來說，那些聲音像石頭砸中鋼琴，在板塊上擠壓出變形的聲響，無從辨認。遇到跳脫規律節奏演示的旋律，鍵盤上左右手各自開弓，形同雞同鴨講，我更是不知道該先聽誰說才好。像飯糰一樣被揉成一團，聲音和我的腦袋都是。一堂課下來，五線紙上始終慘白，只在少數幾格中落下如小痣般的不確定記號。

要打發這樣的下午是不容易的，假裝投入，其實不得其門而入。為了不要在考卷交換批改時被男同學當成笑柄，交卷前，我會快速將小痣繁殖成雀斑，再隨機拉上幾條線，像小時候玩連連看那樣，仿製成一段不成調的樂曲。也有幾次被男同學逮到，除了考卷被傳閱示眾，後來不免也遭到幾次惡作劇。

所以當那天向來不苟言笑的班主任突然心血來潮從鋼琴座位上站起來，開始講起還沒在媒體上公開的祕密案件時，我頓時從昏沉睏意中醒來。

那起後來轟動全臺的綁架案，在那個下午還沒有流竄成媒體上大家談論的話題，只在內部人士之間悄悄流傳，包括班主任週末時出席的名流餐會。她彷彿洩漏天機般，用前所未見的嚴肅表情交代我們不能走漏風聲，但實則臺下是一百多位青春正盛的學生，一聽到什麼風吹草動就會迫不及待告訴別班的好朋友，每一則小道消息、八卦都是課餘時間的消遣，與朋友作樂時的談資。老師花了一節課繪聲繪影說著案發經過，受害家屬是娛樂圈重量級的人士，加上黑道背景的渲染下，案件暫時被壓下來沒有曝光，但隨著綁架日一天天過去，綁匪行蹤不明，案情勢必得公諸於世。我陶醉在那樣的話語中，覺得腳下地毯的編織粗粒變得分明，隔窗而望的陽光不再刺眼，五線紙的線條再次明朗有條理。

幾天後，綁架事件占據新聞版面，全天候播報、追蹤、專題分析。綁匪在逃亡過程中先後又挾持其他無辜的人，在幾番追逐與僵持後，終於落網。有些人的生活徹底改變了，大多數的人生活依舊。

我依舊每日搭火車上下學，案件彷彿是遼闊時間之原的座標，為那個下午留下如小痣般的印記。那之後，班主任依然不苟言笑，往後繼續成為我們回想起高中時光，那個我們與之對立、反抗的象徵。

校園逐年變化，音樂館業已改建，記憶也隨著歷練累積而重新組合，再次播放時，比老師當年彈出的音堆還要錯亂難辨。畢業後，偶爾經過校門口，會去光顧馬路對面餵飽好幾屆學生的飯糰攤子。老闆熟練地撈起桶裡的糯米，用飯杓在掌心的隔熱墊上撥勻，將肉鬆、酸菜、滷蛋、油條等料由下往上堆起，接著雙掌用力一握，香與酥脆盡收。吃的時候還要又捏又壓，美味的好料才不會散開。

我總是無法一口氣吃完，餘下的飯糰再緊緊一握，將開口閉合，又成了完好的一粒。

比起熱騰騰的飯糰，我更愛冷掉之後，餘香猶存。就像制服、五線譜、年少的無知與殘酷，被記憶厚厚包裹，冷卻後再次咬開時，難以消化的改變在小口慢嚥下都成美味。

鳳梨

故事是從那顆大鳳梨開始的。遙遠、巨大，飄在空中的鳳梨……

站在我鳳山老家的巷口，從兩排透天厝的夾縫中望過去是火車鐵軌，運氣好的話，可以看到龐然的火車從眼前轟然出現，像是從一棟房子鑽入另一棟房子裡。年幼時似懂非懂，只覺得火車帶著嘶吼閃現而過如同魔法，總讓我目瞪口呆。更神奇的是火車遠去後，視線越過鐵軌，遠處隱約漂浮著一顆大鳳梨。

打有記憶起，每回犯哭鬧，家裡的大人就說：走，我們去看大鳳梨。接著就把我一把抱起走到巷口，手舉得高高的指著鳳梨要我看，看著看著，我就忘了哭。

能開口說話的年紀後，總問父親，為什麼鐵軌的那頭會有大鳳梨？可是從沒得到過什麼肯定的答案，老覺得父親又跟平常一樣在瞎說，看來這注定是個永遠無解的謎。就像父親的生日為什麼和姊姊同一天，這也是個謎。我和姊姊從小一直搞不懂父親為何要捏造這個玩笑，也不知道如何查證。直到後來替父親辦住院手續，拿著他的身分證填寫病歷表格，這才想起年幼時的疑惑。

大鳳梨從什麼時候消失的？不記得了。倒是記得第一次搭上火車離家的滋味。

而鳳梨如刀，令我對其印象奇差。

我家吃鳳梨是對切兩刀，一剖為四，一人分到一條，就直接抓著啃。特別是年紀小的時候，鳳梨品種尚未改良，粗而韌的纖維咬起來很是費力，雖然母親再三叮囑不要伸舌頭舔，但因為咬不動，往往就不自主地邊吃邊吮，捺著性子吃完後，只覺得又累又氣餒，何況塞在牙縫的鳳梨渣更教人心煩。不多久，舌頭便似小刀狠狠劃過般疼痛，只能苦著一張臉等待味道淡去，真是讓人說來就有氣。還不說吃的時候太酸，吃完以後太甜。鳳梨汁液像酷暑時淋漓的汗，不管怎麼舔，還是擋不住黏黏甜甜的汁液沿著手心流下，又順著手臂滴得滿身都是，像塗滿了膠水，難受極了。

後來市場上陸續推出經過改良的鳳梨，據說纖維較軟，口味甜，無奈當時我已和鳳梨結仇。多年來，家裡買回來的鳳梨只有母親鍾愛，儘管她再三勸食，但我總以割舌頭為由不肯再吃。

沒想到時隔多年，母親已不在，我懷孕時，竟無法自拔地嗜吃鳳梨。那時候即便已屆臨盆，仍挺著肚子走了好幾條街去買。走不動時，便要Y下班後替我帶回來。我將鳳梨對切後再切片，拿叉子一口一口叉著吃，稍不節制，一口氣就能吃下近半顆。腹中的孩子也好胃口，一路以體重超前持續成長。每次想到醫生叮囑要控制飲食，才不捨地放下叉子，將剩下的藏入冰箱。奇怪的是鳳梨不再如刀，亦不過酸，而是如芬芳的蜜。不禁讓我好奇日日在腹中翻滾的孩子有什麼魔法，能化解我與鳳梨多年的仇。

端詳著盤中黃澄澄的鳳梨，總想起母親坐在老家的餐桌前，因為節儉經常捨不得開燈，只就著外頭的天光摸索著家中熟悉的擺設。而我們那條巷子的透天厝在短短的幾年內紛紛增建，以至於天光被越來越厚實的屋瓦擋在外頭，只能斜著身子從越來越窄的防火巷探進來撫照屋內人。就連火車的呼嘯與身影，都越來越模糊，越來越渺小。在那昏暗的廚房裡，比電視機的聲光更耀眼的，就是母親碗中的亮黃的鳳梨了。

後來對鳳梨的厭惡，許或帶點對母親的叛逆，不論酸甜，說不吃就不吃。並且經常揮舞小刀似地回嘴，但母親都一一承接了，並且以她笨拙的方式持續地舔舐著。

懷孕的這一年，適巧著手編輯介紹鳳山地區的書籍，我又想起了鐵軌另一邊的大鳳梨。經過一番查證，才知道那是臺鳳公司設立在火車站後面的罐頭工廠，廠區門口高聳的大鳳梨是有名的地標。而早在日本時期，鳳山地區就因為地利之便，成為臺灣第一間鳳梨工廠的所在地，因而造就大量的就業機會。就連年輕學生也會趁著假日時到罐頭工廠打工，貼補家用。但隨著臺鳳遷廠，招牌大鳳梨也拆除，昔日廠址如今為大賣場，再年輕些的在地人就對此事完全不知情。為了要補上這一塊記憶，我四處打聽，希望能找到曾經在工廠打工的耆老進行訪談，無奈總是慢了一步，老員工已日漸凋零。

有一回和家人聊起，阿姨笑著說，妳要找的人就是妳媽媽。

原來母親當年也趕上這股熱潮的尾聲，和同窗好友去打工賺外快。得知這個情報後既驚喜又感嘆，驚喜的是這樣一路尋索竟又匯流到家族記憶中，感嘆的是母親已不在。我找到母親自幼認識的好友，她們多半推說不記得了，但又細細瑣瑣地想起一些片段，只要願意跟在後面耐心撿拾，就能勉強拼湊出過往記憶的形貌。

我想像留著標準學生頭的母親，假日時和姊妹淘蹲在工廠裡，握著鑷子學習夾出鳳梨肉上頭接近果皮處的黑籽。另外一頭，還有人負責操作機器，挖取鳳梨心。在那個年頭，鳳梨心被嫌口感硬而無味，因而棄之。不過總會有人來收取一籮籮的鳳梨心，挑到街上當零嘴賣，可見當時的儉樸。

待我和姊姊相繼出生後，鳳梨生產重心已外移多年，產量銳減。那時候我們全家出門，全賴一臺偉士牌摩托車。姊姊蹲在前頭的腳踏板上，我則是夾坐在父母之間。在兩個溫熱的身體中間一路搖晃，很容易入睡，睡了也不怕摔下去，因為母親會把我抓緊。因年幼，對遠近無概念，只要坐上偉士牌，就覺得是出遠門。在遠行的路上，經常見到鳳梨田，帶尖帶刺的從田裡冒出頭來，顏色和樣子都不是豔麗討喜的。當然，後來鳳梨田也漸漸消失了。或許連母親自己在繁重的家務中也漸漸淡忘了那段回憶，因此從來沒有提起。

如今愛吃鳳梨，但不擅長將其入菜，朋友推薦最豪邁的吃法是將鳳梨切條插上筷子，放入冷凍庫中，就完成了天然的水果冰棒。一邊慢慢啃咬著硬邦邦的鳳梨冰，一邊享受酸與甜的味道融進嘴裡，漾開一陣果香。

當然，有時抱哄著啼哭的嬰孩，望著窗外，想起記憶中讓我忘了哭泣的大鳳梨。不免好奇，未來在我孩子童年裡的「大鳳梨」又會是什麼呢？

邦迪亞上校一定是因為太懷念冰塊，懷念冰塊上面飄升的白煙，懷念冰塊使指尖麻痹的感覺，於是跌落在夢的水井中。

他以為醒來會看到吉普賽人的馬戲團隊伍，結果卻是香蕉工人的罷工遊行，就連易家蘭也不見蹤影……。馬康多鎮正在融化，像冰塊一樣。

指甲

搽指甲油，是小女孩的夢想。然幼年時，大人是不許的，一來是指甲油傷身，用來卸掉色彩的去光水成分令人堪憂，二來是家裡開支抓得緊，絕不可能允准買那種玩意兒。偶爾在大人的默許下，跟著親戚的大姊姊像家家酒一樣東塗西抹，腦袋裡跟著上演各種幻想，彷彿指尖上的一點鮮豔就能讓人搖身一變。

要能搽得一手漂亮指甲油，還得先有與其相襯的指甲。可惜的是，五歲時被送去學鋼琴，老師在第一堂課就宣布要將指甲剪得短短的，否則觸鍵的指頭會擺不正，觸鍵不深，音色則劣。要是彈琴時發出喀喀聲，就表示指甲過長，老師手上的尺馬上就敲在手背上。國小三年級，加修提琴，持弓的右手在指節不同位置分別留下深褐色的皮膚印記，按弦的左手指尖則有厚厚的硬繭，脖子左側因長年夾琴，汗水與摩擦使得皮膚顏色暗沉與粗糙，提琴老師將其戲稱做吻痕。為了練琴方便，指甲剪得更短了，就這樣維持了十多年。

成年後，終於抵不住愛美的誘惑，還是買了幾罐指甲油來過癮。練琴的手是醜的，長年的操練使得指節粗大，指尖裹著硬皮，有時還伴隨過度練習而破皮，綻露出層層皮膚，像翻破的書頁。這樣的手，再美的顏色都救不了，但青春的執念仍舊一次次塗上綺麗的色彩。

除了偏愛的豆沙紅、櫻桃粉、酒紅紫，自然系的裸色、杏色，冷色調的藍與綠，叛逆不羈的灰、銀與黑等，都曾在指尖停留。如何搭配十指，是瓶瓶罐罐間的樂趣。夏天一到，連腳趾都不放過，為此也添購各種款式的丁字涼鞋。和三五好姊妹聚會時，各人掏出自己的指甲油，全數陳列在床上，隨意塗抹，等指甲油乾的時候就一邊細細喃喃如上色般地交換心底事，這樣的滋潤就能掩蓋年輕時的慘白，讓五顏六色繼續奔放。

不練琴以後，指甲要留要抹，再無忌憚。那是二十幾歲的時光，留一頭男孩模樣的短髮，曾有無數次獨自搽了又卸，卸了又搽，只因為一點點的差距塗過了頭，就讓雙手顯得髒兮兮，或是未乾之際便不慎碰撞，留下疙瘩般的凹洞。無奈我性子急躁，常常求好心切，一再重新來過，最後連累其他指頭，只好全數卸掉作罷。急躁的心性在人生初嘗獨立時也引來不少碰撞，儘管外頭有誘人的繁華與川流不息的喧囂，卻只凸顯了內心的荒蕪與茫然，失去原本的顏色而一心模仿他人，再多的顏色都不夠用似地，指甲終因過度的掩飾而顯病態。

為了指甲健康，女孩都知道每週得有幾天得卸除盡淨，但亦有朋友搽上了癮，後來竟無法忍受真實的蠟黃與變形，甘冒指甲脆裂風險，不願一日無色。她力求裙襬無痕、皮鞋光潔晶亮，一頭黑長的直髮一絲不苟地垂掛在挺直的背脊上，指尖永遠如春日櫻花瓣瓣粉嫩，就連皮包抽出來的鈔票都平整嶄新。後來她耗費越來越多時間準備出門，有時夜裡只睡三個小時便起身，除了讓人佩服她追求完美的意志力，也擔憂她不願屈就美景易逝的孤傲。有幾次我多嘴勸她別太執著，她從蝴蝶雕紋的肩背包裡掏出一面精緻的銀製小鏡子檢查口紅是否掉色，我的聲音就和咖啡店內的背景音樂一同被她略過。

我愛美的慾望是不夠強烈的。睡眠擺第一，吃飯擺第二，除開這兩項，還有閒暇時間才思及容貌。三分鐘熱度一過，往往就露出疏懶的本性。後來，所謂的閒暇越來越少，彷彿要彌補無法留白的時間，指甲反倒越來越多時候保有素淨。

再次伸指細看，已是殘破，較之幼年時習琴更甚。抽屜裡仍有幾瓶粉與紅，是上街購物時忍不住順手買下的，還來不及用上幾次，曾經絢爛的顏料就已經失去水分而乾巴巴的凝結在罐底。特地買的去光水和化妝棉才用了三兩回，只能囤積在書架的角落積灰塵。

上一次搽指甲油，已是去年夏天？或是更久？

但想要搽指甲油的念頭倒是常常冒出來。伸手按電梯時，看到自己無彩的指頭；在捷運上看到鄰座的女孩滿手滿腳繽紛流竄；穿上新買的涼鞋而雙足略顯滄桑；上網時，指甲油新色上市的廣告不斷地跳出，或是在頁面一側閃爍呼喚。那時我就會和自己許下承諾，今晚回家定要把家事趕快做完，留點時間搽指甲油。

想當然這個承諾多半是不會兌現的。日常家務是一場持久戰，儘管賣力對抗，卻不見戰線向前推進半步，敵人永遠就在那不遠不近的前方。若是偶一鬆懈，戰線倒是明顯地倒退，敵軍輕易就攻城掠地，又拿下一個城池。

父親是其中一座既頑固又頹朽的城池。替他更衣、梳洗，跟在他後頭拾掇灑落一地的狼藉以及應付他永恆的問答，幾乎彈盡援絕。母親還在時，常聽她和姊姊抱怨父親不願換下一身舊衣服，也不願修剪指甲。那幾年，父母雙雙已顯年邁，早年的勞苦讓他們比同齡者更快遭受病痛折磨。有時候母親會把電話塞給父親，要我勸勸他，但他總是笑嘻嘻地回應，好好好，聽妳的，掛了電話後又故態復萌。事後回想才知道，那時父親已有失智的徵兆，並不能記得剛脫下的是哪一套衣服，自然就抓起似曾相識的衣物往身上套。不願剪去的指甲是因長年糖尿病所致，染上灰指甲後不易根除，原本用來保護指尖的利器反而鬆脆如千層酥，加之視力退化與已變形的扳機指，獨自修剪不易。真相大白後，我特地買了附有放大鏡的指甲刀寄回家裡，但母親膽小，還是不敢下刀。童年其中印象深刻的一幕即是母親與我對坐在客廳，她怕剪痛年幼的我，最後將指甲刀遞給我，因此我極早就學會自理。母親常說，妳比較有辦法。也許是她的膽小促使我不得不「有辦法」，或是這樣變相的鼓勵讓我沒來由地大膽起來，在沒人敢替父親解決十指難題時，最後是由我每個月回去修剪。

將父親接來同住後，每週剪指甲是例行家務。他總嚷嚷著不給剪，又說給人剪心裡緊張，會疼啊。我告訴他上一次也是我剪的，還有上上次，每一次都是我剪的。他搖搖頭說才怪，是我自己剪的，但又皺皺眉頭感到疑惑。我將客廳的電視先連上網路，選一部他喜歡的老電影播放，譬如有一雙美麗長腿葉楓演的《四千金》、當年家喻戶曉的美女葛蘭演的《空中小姐》，或是能讓他跟著一起唱的《桃花江》、〈天上明月光〉，等他眼睛直溜溜盯著螢幕看，雙手就任我擺布了。我一刀一刀小心翼翼地剪著，病變後的指甲像是失去光澤的出土文物，了無生氣又易碎。剪罷了手，趁他蹺起二郎腿，順便把腳趾甲也剪了。父親急忙連聲喊道不要不要，他怕腳髒又臭，「讓女兒服務怪不好意思。」他說，但因為中風後實在不靈活，沒兩下就給抓住了，只能乖乖就範。等到手腳都打理完畢，父親通常也瞌睡了。我躡手躡腳起身，趁著他睡著沒辦法添亂，趕緊去做其他家事。

幼年時覺得父母力大無窮，能舉重物，能將固若金湯的易開罐輕易扳開，要扛要拉都易如反掌，大氣都不喘一下。我剛開始操持家務時，還沒鍛鍊一身本領，但所謂的本領並不是什麼神功，而是一旦家務多了起來就沒空思索太多，只想趕快解決完一件去處理下一件，氣都來不及喘一下。由於頻繁用力過度，指甲常常斷裂。起先是掀起一小角，時時刻刻在洗抹布、摺衣服、梳頭髮時被衣料細絲牽引，隨著每次拉扯，裂痕亦拉長，漸漸深入指頭最柔軟的內在，傳來隱約刺痛。若是整片指甲斷裂，雖比不上刀傷燙傷之疼痛，但指肉軟弱，總是做起事來不便，想避也避不開，因為十指運作是如此相連。有幾次，姑且用ＯＫ繃纏繞，企圖減緩斷裂之勢，但半日下來繃帶髒污，做飯時實在擔憂不潔，所以還是扯下。

曾經看到一則採訪報導中，在紡織廠工作三十餘載的老婦滿頭灰白與滿手粗糙，指間無一完整，彷若為了強調般污漬深入裂縫，重筆勾勒出處處瘡痍，是這樣一雙勞動的手。雖不至於強說那指間的烏黑與破損是最美的裝飾，但也不得不感到讚歎與感慨，特別是老婦神乎其技的織工與臉上謙卑的笑容。

如今攤開雙手，十片指甲難得完全，多數時候總有一兩片殘缺，日久也習以為常。不規則的斷裂處彷若裸露的頁岩，卻少了岩石物理上的堅毅，是我每日最敏感脆弱的所在。這樣的手，更不適合搽指甲油了。即使指甲完好無缺，每一入夜，家務告一段落，往沙發上一歪就忍不住打盹，累得連手都舉不起來，只好把未完成的事都推託給明天。無怪乎小說電影中若要彰顯女子的富貴，多會著墨於纖纖細指，特別是留得長長的指甲，而也唯有足夠的細嫩與白皙才能襯得蔻丹紅又豔。有甚於此，谷崎潤一郎的小說《細雪》中，描寫年逾三十未出嫁的三姊雪子生性害羞，相親多次始終未找到理想對象。家人對雪子的過分呵護，以及雪子始終如孩子般的膽怯、依賴，就藉由姊妹替她剪腳趾甲這事上可看出端倪，那又是嬌貴中的嬌貴。

孩子出生後，聽從友人建議給他摘去保護手套，讓稚嫩的手可以多一些觸覺刺激，但為了避免小小的獸爪抓傷臉，要勤修指甲。嬰孩的指甲薄若蟬翼，甚至更薄更軟吧，像是長在媽媽心頭的微小突觸。初次持專用剪刀修剪時，真要做足心理準備，一次就只敢這裡剪一點點那裡削一點點，再多就怕傷了他。但孩子安然酣眠，絲毫不知危難臨頭復又離去，恐怕是當媽的自己嚇自己，遂又憶起母親當年。

說到底指甲不過是死去的皮膚變異而成，退化前，曾是原始生活中防禦的武器、生存的工具，退化後，指中如同掌紋，能透露許多個人的訊息。每到傍晚，我的指甲縫裡便有洗不去的蔥蒜味，那是為了準備晚餐時留下的。偏偏蔥蒜的辛辣氣味是我過去最排斥的，曾幾何時卻成了每日抓取之物。也經常端詳指片裂處逐日生長漸漸覆蓋指肉，再不適的刺痛都過去，是時間推移的證據。待長至指緣，順勢呈白色彎月，好似為強烈意識與細膩感知築起一道邊界。想起年輕時候的自我意識經常過度膨脹，在小處著心眼、做文章，藉小題而大作刷存在感，刻意的宣揚、嶄露。稍長年歲，指甲生又復剪，剪又復生，生活縮影成簡單的重複。而生命會逼人懂得將外放的意識包覆起來，即便疼痛也學著若無其事，過強的自我意識皆可拋棄，邊界可以棄守。說來說去，不就是死去的皮膚而已。我這樣安慰自己。

祖母晚年時搽深桃紅指甲油，摻著銀色亮粉，在包餃子擀蔥油餅或炒菜時，雖然沾上麵粉油漬，仍顯亮麗。有一回我討水喝，祖母拿兩只瓷杯，將剛燒好的滾水從一只杯裡倒進另外一只，又從另外一只倒回原來的杯裡，反覆幾次。那時候我的個頭還小，視線剛好與茶几高度齊平，好奇的雙眼盯著祖母的十指像是外頭庭院盛開的九重葛花瓣，一時間花開花落好幾回。那是我初懂女人對美的追求無分年齡，始終頑強。等到杯中的水冷卻後，祖母遞過來，我竟然看得呆傻，只喝了一小口就跑開了。

也許我心中愛美的意念從未消失，只是暫時止息。在此之前，且先退為空白，伸出迎戰生活的利爪，狠狠出招。

拼拼湊湊的孩子

我有一只針線包，是襁褓中嬰孩的模樣，裹著一襲大紅袍，露出一張白白嫩嫩的小圓臉，加上紅通通的雙頰。針線包後來雖遺失，但自小也養成自己動手縫補的習慣。用碎布替芭比娃娃縫衣裳、撿舊衣料縫製手提袋等，童年時光就在動手做的零碎中拼拼湊湊成豐富的記憶。

那時候，我和姊姊的衣服多半來自親友，誰家的大姊姊穿不下的，就自然而然送到我家來，就連男孩子的衣服都照收不誤。姊姊長我三歲，漂亮的洋裝先穿在她身上，我看了欣羨不已。帶蕾絲的裙子或帶蝴蝶結的洋裝輪到我手中，多半已褪色不堪，蝴蝶結垂頭喪氣，但卻是我左等右等才等到的，總也把自己想成小公主，雖然偶爾還是期待能獲得新衣。

懷孕不久後，熟人或不太熟的朋友紛紛主動聯繫，整理一袋又一袋的二手衣服、用品、玩具等。每口袋子都像百貨公司年節時販售的福袋，裡面裝的東西五花八門，好些時候我和Y研究半天還弄不懂物品的用處，對育兒世界的博大精深感到嘖嘖稱奇。

趁著生產前，和Y探訪他將近九十歲的外婆。老人家一生帶過無數嬰孩，從兒女到孫子，如今已是阿祖。她見著我們便說，穿舊衣服的孩子比較好帶。想是老一輩的習俗。但我相信習俗有其智慧，或有其典故來由。

回頭再細想，不無道理。

相約拿二手物時，有時會碰巧窺見已長大的孩子，有時在送來的物品上見到前一個孩子留在上頭的貼紙、塗鴨等，或是衣服上面沾染到的母乳黃漬、不慎滴到的湯汁等，皆是寶貴的成長印記。移交物品時，前一個媽媽會順口問問懷孕近況，等孩子大一點，就彼此分享育兒的疑難雜症。往往在閒聊之中，令我們困擾已久的難題，在另一對父母的指點下迎刃而解，再者也能提早預見問題。

生產後，長輩來訪，聊到二十多年前的趣事，那時她的大女兒晚間哭鬧不止，夫妻倆束手無策只好連夜送醫，才知道不過是沒吃飽罷了。後來每遇孩子哭，我們就先餵飽，自此很少遇到孩子哭鬧不止的狀況，也因而順利在一個半月大時就睡過夜，為我們爭取到每晚的安睡。這位長輩隨意提起的往事，竟對我們幫助如此大。

懷孕後期，因妊娠蕁麻疹而全身搔癢難耐，常常徹夜睜著眼睛，天一亮就迫不及待出門，讓冬季的冷風鑽進衣袖裡，長長的毛大衣脹滿風，像一艘風帆般鼓鼓地往前，即使前方是未知，也藉此稍微紓解紅癢。返家後，將收到的二手衣物取出，臉盆盛滿冷水，一一洗潔。可能是因為雙手浸泡冰冷的水，可能是因為專注，也能暫時忘卻從頭到腳止不住的癢。

專注的還有縫補。

好比說姊姊給的嬰兒車養大她兩個孩子，車身依然完好，只是車下的置物袋已破損。想到我們姊妹倆一同帶孩子旅遊時，為了輕省，常把買到的東西順手塞在車下，連推車把手上的掛鉤也掛滿提袋。就著漸漸染開來的暮色，一面回想，一面將袋子拆下，用粗線反覆把裂口補上，多少趣事湧現。兩個大孩子來訪時，滿懷想念地摸著車子，好似看見尚年幼的自己。雖然車款過時，比不上街頭其他父母推著的嬰兒車時尚拉風，卻是載滿故事的一輛車。

孩子身上穿的褲子，來自朋友，追溯更早之前，是來自她住在美國的姊姊；剛剛沾上米餅屑的上衣，來自一位詩人，她經常一邊寫作一邊帶孩子；外套是一位音樂家朋友送的，她偏愛買襯衫給家裡兩個男孩子穿，我們因此得到不少；襪子的來歷複雜了些，傳過一個又一個家庭，因為孩子們的腳實在長得太快，才穿幾次就穿不下了；攤在地上的故事書來自一位編輯，他有一個擅長畫畫的孩子，和他一樣；至於手上搖得噹噹響的玩具，是我好多年前買給姊姊的大女兒，接著傳給二女兒，最後又回到我手中……

我在孩子的舉手投足間看見其他孩子的身影，每一個破損、脫線，每一個缺少的零件，每一個增添上去的咬痕、塗色，彷彿不同花色質地的布料，縫縫補補，拼拼湊湊成一襲色彩斑斕的織布，卻又保留各自的特色。

現在輪到我四處打聽起誰家懷孕、孩子多大？一逮到機會，就把用不上的物品清洗打包，趕緊送出去，好騰出更多空間來擺放陸續來到的物品，深怕這些仍完好如新的衣物沒被好好利用就慘遭丟棄。

衣櫃深處另收著一條還沒用上的毛毯，得自母親。

那幾年回南部家裡，母親不時提醒我，她早買好一條毯子要給我的孩子用。我總裝作沒聽見，一臉氣呼呼走掉，更何況那時結婚於我還是久遠以後的事，我心裡頭笑她杞人憂天。

整理母親遺物時，赫然想起她的叮嚀。

大概母親知道自己說話沒人願意聽，重要的事情只好一說再說，甘冒被嫌囉嗦。

新毛毯下水洗過後，邊緣處居然脫線，我看了很是不捨。拿起針線，一針一針重新縫上，每一次的穿針、引線都勾起許多想念，留下一吋吋修補過的痕跡。

現在，我已不再奢望每事每物能像最初那樣嶄新，反倒覺得歪歪扭扭的縫補更讓人珍惜。

來日，這道縫線又有許多故事可說。當然，孩子肯定是不願意聽的。

粥

難以忘懷的還有一味，是南部的海產粥。

離開高雄前，不知近海城市多得是便宜海鮮，魚蝦花枝鮮美價廉，是地利優勢。有一年冬天，起了想吃土魠魚羹的念頭，竟一發不可收拾，在北部街頭尋尋覓覓，最後找到一家賣麵飯的小吃店兼賣土魠魚羹。牆上照片拍得油油亮亮，立刻坐下來點一碗，上桌後，且先淋上烏醋。當然，最後是悲劇收場。土魠魚塊既不新鮮、炸過的麵衣因為擺太久而口感不佳，就連羹湯的湯頭都令人搖頭，憤恨恨地吃完一碗，此後再也不在北部吃土魠魚羹。

海產粥的身影在北部的美食圖譜中更加隱密，令人思念更甚。

童年時還不流行吃皮蛋瘦肉粥，不想煮晚餐時，母親騎機車載我到街上買海產粥。通常是一口大鍋爐，裡頭有煮好的海鮮高湯，爐前配一座玻璃冰櫃，裡頭陳列著蚵仔、蛤蜊、蝦、切好的花枝、豬肉絲、虱目魚塊等。我每在等待時，隔著玻璃上晶亮的水珠貪婪地看著裡頭的海鮮，只見老闆伸進一隻手，俐落地抓取海鮮，心裡不住地期待老闆花枝多拿一把、蝦子多抓一尾吧。

各樣海鮮扔進小鐵碗中，接著老闆擎長柄大杓，往身旁電鍋一挖，哐噹一聲把白飯倒進已裝好高湯的雪平鍋中，快速爐燃起藍色火焰，轟轟響著，不一會兒湯飯已滾，再哐噹一聲，海鮮下鍋。期間老闆還要繼續點餐、找錢，同時兼顧三四口鍋子。回過身來，一杓炒過的蒜頭、一杓芹菜或青蔥、一把胡椒、一撮薑絲，不過幾分鐘，海產粥已嘩啦啦倒進事先準備好的塑膠袋中，紅色塑膠繩快速繞兩圈，袋口束緊，母親機車已發動，拎回家享用。

海產粥飯多料多，通常我是吃不完的，只是拿個小碗，從母親的碗裡撈一些出來跟著吃。吃的時候每一口都要先慢慢吹涼，否則一不小心就會被燙著舌頭，通常等到整碗都涼了，我卻吃不下了。母親則早已吃完，蹺著腳在看晚間八點檔的電視連續劇。我在一旁跟著看得入神，母親不耐煩地把我趕下桌，端起我的碗，三兩口把餘下的吃盡。

有些漁港的海產粥則專攻單一海鮮品，例如蚵仔粥或虱目魚粥，每一口都吃得到鮮美魚料，每一口湯汁都有海洋的味道。那是鄰近海邊城市才能享有的奢侈。

不知從哪一年開始，街頭美食港式粥品當道，廣東粥、皮蛋瘦肉粥等以連鎖的方式席捲大街小巷。下班後，出捷運站，順路買一碗粥回家，就能打發一頓。

海產粥的米飯粒粒分明，是屬於「飯湯」的範疇，與大塊海鮮相伴，吃來有海港的豪邁；廣東粥則講求飯粒久煮至口感綿密，米形化為無形，需要火候與時間。雖同是米飯為食材，講究起來，還真是兩種截然不同的滋味。

自家煮的時候，沒時間張羅太多食材，凡事以方便為主，首選是地瓜稀飯。地瓜切塊，和著米放入電鍋，做完家事後，一鍋熱騰騰的地瓜稀飯就好了，再把昨晚剩菜、肉鬆端上桌，是假日最好的早餐。不過這種機會鮮少，是只有我和Y在家時才能享受到的滋味。

父親在的時候，我們是不吃粥的。

由於多年糖尿病，粥品是大忌，太過糊爛的米粒因容易消化會讓血糖急遽上升，引發中風危險。相對來說，隔夜飯反而因為在冰箱裡失去水分，不易消化，更適合父親食用。

再次煮粥，是孩子四個多月的時候。那時候孩子每餐吃滿滿一瓶奶，有時候尚且不夠，急切地張著小嘴尋找下一口奶吃，旁人看到每每驚歎，這麼小的身體喝這麼多奶。他的身長快速抽高，噘著的小嘴巴急速吸吮著奶瓶，好像灌氣一般，日日夜夜生長著。於是醫生宣布提早開始吃副食品，以供應更多營養給這具迫不及待長大的小小身軀。

我依著眾前人的經驗，洗米加水，煮成粥，靜置後，浮在上頭的濃稠白汁是為米湯，據說是米飯的絕佳精華，營養極高，適合給尚未接觸過固體食物的新生兒和胃腸不佳的老者。我小心翼翼撈出米湯，鍋底白瑩瑩的米粒猶如溪底卵石，溫潤樸實，突然想起曾讀到王盛弘的散文〈糜〉。他寫到童年時母親煮糜，不像父親煮來揮霍食材，蔥蒜蝦仁瓠瓜花枝齊下鍋，母親端上桌的「永遠是清糜，平淡寡味，還舀一碗沸騰在鼎心的糜湯要我們喝下，只因她不知從哪兒聽來的，那是一鼎糜的精華。」

初讀這段文字時，只能想像滾滾沸騰的清糜，不知其味，更不知舀出那碗糜湯的心情。如今自身卻化為文中的形象，真摯地守著一鍋稀飯，深怕擾動什麼似地輕輕晃動湯匙，期待孩子的第一口食物能有好的開始，期待孩子今後能好餵食、不挑嘴，恨不得日月精華、天地靈氣都能集聚於這一湯匙，保佑孩子身體健康。

米湯放涼，滿心期待地用湯匙小口餵給孩子，流到下巴、脖子、衣服上的多半。小小的舌頭直頂著湯匙往外推，是他自出生幾個月來的反射動作，吃，對他來說還是陌生又抽象的行為。

三天後，稀稀水水的米湯已無法滿足，要吃更多。

成為母親後，我越來越學會見招拆招，孩子的飯碗裡很快升級成「倍粥」（類似米糊），從加入米飯的十倍水為起點，隨著他吞食能力增強，水量逐漸減少，好銜接未來吞食塊狀食物。為了節省時間，已不像從前時代勞苦的母親久煮一鍋軟爛稀飯，而是改用食物攪拌器打成泥狀。總是趁著週末假期趕製一個禮拜份量的副食品，攪拌器轉動著鋒利的刀片，絞碎鍋中米飯、青菜、蛋等，白色的米混入蔬菜的顏色，有時變成紅色、黃色或綠色，淡淡的米香中有蔬菜的甜味。

姊姊照顧兩個孩子極細心，不只米湯米糊，各色蔬菜分類蒸煮、打碎、藏入冷凍庫，每日精心調配營養與口味。母親在一旁哼著鼻子說，她帶大我們姊妹倆沒這麼麻煩過，一鍋白稀飯而已。我和姊姊相對無言，心想如此偷懶的行徑還敢張揚。我們經常沒有察覺到，自己對母親其實是過於嚴格的。

沒想到我恰恰遺傳母親的偷懶。

隨著孩子食量越來越大，改用大鍋煮稀飯，水量也漸次減少。既黏又稠的一鍋飯，常常讓攪拌器打到機身發熱，後來也懶得換菜色，總是蔬菜粥。我的藉口是，以後還怕他吃不到肉嗎？再一想，總強過一鍋白稀飯吧。於是就心安理得地繼續打著千遍一律的洋蔥紅蘿蔔花椰菜，心血來潮再丟顆番茄或南瓜。

糜，或稱稀飯、粥。「糜」在字典中義為濃稠稀飯，另有一義是腐敗。

煮得不夠久，米心未透，米香就無法散發出來。就算用機械取代耗時的程序，要煮出食材融合、味道濃郁的好粥，無可取代的還是時間。

漸長後，越來越覺得一日的時間常被攪成一碗湯湯水水的軟爛稀飯，和許多意想不到的滋味結合在一起。

騎機車的時候，腦袋裡想著冰箱裡有什麼菜，等一下要順便倒垃圾、買菜。

吹頭髮時，一邊看書、準備資料，一邊跟Y嘮叨著明天要做的事。摺衣服時，一邊顧著爐子上的火，嘴裡一邊哼歌逗著孩子，心裡記掛著帳單要記得去繳。

總是這樣，時間分割再分割，整個人也分割再分割，分給工作、家人，餘下一些給自己的也是分割再分割，分一些給寫作、閱讀、運動、放空。有時候慢慢滲進幸福，再摻一點點無奈，拌進些許的哀傷，但大部分其實是混濁分不清的情感，被全部攪拌在一塊兒。

時間原本是無味的，如白粥。是那些人與那些事，讓時間變得有滋有味。

香蕉

折騰了一天，已經算不清洗了多少東西，在收納、整理間反覆無數次過後，打算用今晚剩下的一點時間，好好躺在沙發上看書。

這時，電話響了。

年輕男子用嚴肅帶有責備的語氣（或許沒有責備的意思，或許一切都是我的罪惡感在作祟）詢問，妳會過來急診室嗎？經過一番對話好不容易才搞懂，下午時父親由照護機構送往急診室，醫生宣布要留院觀察。

掛上電話，用十分鐘替孩子洗澡、穿衣，便趕緊準備出門。先替自己穿上質料柔軟的運動褲、長襪子、T恤，再套上機能型防寒外套，而且一定要附帽子，因為急診室夜晚的低溫讓人彷如落難山間，須嚴陣以待。還記得第一回在醫院過夜，睡在兩張硬邦邦的塑膠椅上，即使平日穿來舒適的牛仔褲，都會讓人渾身不舒服，猶如酷刑。襪子如果太短，露出一截小腿，在低溫冷氣吹送下，肯定會冷得睡不著。為此，特地從抽屜裡翻出一條大毛巾放進背包裡。這樣一來，無論要充當臨時枕頭、蓋被，或是處理父親突然的排泄、嘔吐，都能派上用場。一整包的抽取式衛生紙、充電器、一包口罩、打發時間的書籍全數放入袋中後，再另外準備隨身小包，放入手機、錢包。在醫院裡，家屬經常要在各個櫃檯間奔走，或是為了一個想都想不到的小東西，繞過大半個醫院去尋找，例如吸管。隨身包能確保貴重財物安全無虞，最好連睡覺時都抱在胸口。

和孩子與Y道別了第N次後，立刻上路趕往醫院。

到院時，父親正熟睡。身上已接上兩種管子，一條是讓藥劑、營養液體流入體內，一條是讓消化過後無用的液體流出。身體一旦倒下，尋常的代謝都要暫時交給外界幫助。

趁著買晚餐時，我在醫院裡走了一圈，尋找半夜適合蹲躺的地點。當然，旁邊一定要有插座。待買好晚餐回到病床邊，護士為了預防父親身體加劇潰堤，又替他穿上一層防護。也好，就讓他夜裡睡得安心，無須為了無用的排放流動而起身。

上個月接到電話，叔叔帶父親到外頭熟識的店裡唱卡拉ＯＫ，在滿室的歌聲中，父親的身體放棄最後一道防線，霎時間一屋子惡臭。那是頭一次。

叔叔來電時，Ｙ正抱著孩子在廁所裡洗屁股。還記得孩子開始吃副食品後，我用湯匙把一小截香蕉壓成泥，一點一點餵進小嘴裡。餘下的，遞給父親，他笑盈盈吃著。祖孫倆都愛食香蕉，我也愛它的香與甜，更愛吃起來方便不沾手。

後來副食品中逐一添加魚肉蛋等，孩子排泄的形狀越來越具體，就如代表每個發展階段的溝通能力，也漸漸會扶著東西站起、能夠靈巧的抓握等。當然，體重也逐日逐週持續增加。這幾個月，我甚至越來越抱不動孩子在洗手臺前清洗，多半交給Ｙ。幸好還在月子中心時，為了之後能少用溼紙巾擦拭，減少新生兒皮膚刺激與製造垃圾，我們多次請教護理師替寶寶洗屁股的手勢，還在網路上參考多支影片，如臨大考般。

但是替成人清洗與更換尿片的方式，我卻一點都沒頭緒。就連如何替臥床的父親穿脫衣褲，都需拜託醫院內的志工協助。扶父親起身進食，因為逐日逐週退化的緣故，每一次都越來越困難，於是每一次都如同第一次般不知所措。

在觀察室等候餵藥、等候打針，在諸多不明所以的等候之間，我滑開手機，亮出孩子的照片湊到父親眼前。他吃力地舉起手，摸摸螢幕上的笑臉。孩子每天用驚人的速度學習新技能，才沒幾天就會翻身，再過幾天會爬，踢腿出拳都飽滿有力。

孩子很乖，我說。

乖不好啊，要不乖才好，父親總是這樣回答。最好是要他吃飯，他就不乖乖吃飯，這樣才好。父親又再三強調。

但我常想起青春期時，我們的忤逆如何讓他緊皺眉頭，在房門外長長嘆氣然後又默默踱步離開。

不久前，孩子下排門牙長出來後，這個月連上排門牙也冒出頭來。我和父親開玩笑說，孩子的牙齒比你還多，瞧你這滿口假牙，沒一顆真的。父親笑得很得意，但眼神透露倦意，看來是累了。他好似嬰孩一手抓著圍欄再度睡去，鬆垮垮的皮膚上滿布褐色斑點，像過熟而發黑的香蕉。我無事可做地看著他。

其實前一天孩子才剛發燒，幾次想打電話回家問問，又怕電話聲吵醒孩子。

當我出門時，常有人問，那小孩呢？雖然沒有責備的意思，但我常會感到那問話裡的質疑。彷彿在說，為什麼我沒在家裡陪著孩子。也常有人問，妳父親呢？自責感又更甚。

身為照顧者，經常要面對各式各樣關心，聲聲問候如同漣漪，一個水紋能引動另一個水紋，無限擴大。吃什麼？怎麼吃？穿什麼、用什麼？有沒有塑化劑、夠不夠營養？有時還得接受他人善意的傾倒，應該怎麼做才是對的，才是好的。

後來，我漸漸學會，讓漣漪在晃動中逕自擴大，在等候中撫平，水面終將回歸平靜。就像我漸漸學會如何挑選合適的尿布與復健褲。

我也越來越學會相信。

相信洗過的碗、衣服、蔬果和手是乾淨的。

相信食物是營養的。相信偶爾吃到不健康的食物，沒什麼大不了的。

相信保護著父親和孩子的圍欄不會突然倒下。相信在我無法分身的時候，其他照顧者都能善待他們，如父，如己出。

相信年邁的父親和年幼的孩子正在繼續呼吸著、心臟在跳動著，即使在我看不見的時候。

相信該發生的事情就會發生，因為生命是駛向終點的列車。而我何其幸運能置身其中看著軌道兩端，一頭才剛起步，一頭正在放慢速度。

並且，用堅定的微笑面對每一個滿懷善意的問候。

捱到早上八點醫師巡房，大批的腳步很快順過我們的床前，不久後領到出院單，批價、領藥，出院。

在疾速移動的回程車中，睏意如窗外的雨滴，悄無聲息卻鋪天蓋地。再忍耐一會兒，我們就都能好好睡上一覺了，我安慰自己。

這天晚上，孩子因為長牙不適，哭哭停停一整晚。我和Y反覆用沾水的紗布讓他吸吮，減緩疼痛。不記得我們怎麼睡著的，但總之是睡過了。

醫院外頭就是馬康多鎮的縮影。有賣蔥花餅和韭菜盒子的，有賣饊子麻花兒的，全是記憶裡的吃食，像是為了重生而聚集。

母親心血來潮會做饊子給父親吃，鹹的甜的都有，幼時的邦迪亞上校偶爾運氣好，能討到幾口吃。那時候香蕉工人還沒來，香蕉還沒被鍍金，記憶也還沒罷工……

構成一條街的必要條件

麵線分紅與白。我愛白麵線，拌麻油或入雞湯。但，這條街讓我認識了紅麵線以及它的夥伴。

一條如同最飢餓的腸道，自捷運古亭站出，過路口，同安街便一路通向水源路直達河濱，相比於鄰近的牯嶺街與其他巷弄，隨著早晨甦醒的肚腹，擺排起各色食物，熱鍋上冒起炊煙招呼著來往腳步，滿足了人們營生所需的精力。

自中午時分，麵食自助餐快炒店家放肆地飄溢出熱食香氣，度過了假寐片刻的午後，約近晚五點左右，遂又熱鬧起來。

彷彿為了讓尋找美食的路線增添神祕感，又或者真正被在地認可的吃食鮮少大張旗鼓在車水馬龍的路邊露臉，唯有識貨者方能知悉路徑尋得。同安街緊鄰南昌路段處，一分為二，岔出的短巷亦稱作同安街，兩條同安街中間嵌著一塊畸零地，不久前還有矮樓做小吃店面，前些時候一眨眼工夫就拆掉弭平，剩下一家傳統棉被鋪存立。而岔出的短巷，即是許多通勤族每日需繞道踏訪的覓食重地。還住在廈門街巷弄時，我也是其中的覓食者。

短巷中，首推「同心麵線」。與麵線形影不離的則是臭豆腐，這兩類傳統點心不知從何時起幾乎成為必勝搭檔，缺一不可。

最初是被臭豆腐吸引，地方相傳份量足且酥脆，邊上堆著爽口泡菜，完食不油膩，食量小的人做為一餐也不為過。但後來最常買的還是麵線，和著清燙蚵仔、肉羹、滷大腸。也可以單點清麵線，簡單即是好吃。我不喜蒜泥與香菜，但是拌少許烏醋，能讓麵線裡的柴魚香更加濃郁，特別是冬天時吃上一碗，濃稠的麵線毫不吝嗇地冒著暖人的熱氣，真是安慰。

與同心麵線相呼應的，還有越過汀州路的無招牌騎樓麵線。同樣位於同安街上，到此處，已更深入住宅區，多是靜謐二丁掛五層樓公寓，保留低調的設計感，厚重的空心磚讓半戶外樓梯間與自家小陽臺各顯一番情趣。而無招牌麵線則隱身在其中的一處騎樓，板凳與摺疊桌擺設自由，假日的時候任人客攻占搶奪，老闆只管顧著攤前，一會兒持大杓撈麵線，一會兒揀起油鍋裡的肉圓，一會兒盛臭豆腐。不過這裡的臭豆腐不做油炸，而是紅燒。每個小碗裡裝一塊臭豆腐，老闆用剪刀劃上兩刀，切成方便夾取的四小塊，再舀進一杓熱湯，紅通通的臭豆腐十分盡責地吸飽湯汁，讓人每一口都吃得又香又辣。而開店時間同老闆一般隨興，有時過晚間八點，有時不到晚餐時分就鍋爐見底。

以這兩家麵線店為兩點，沿途五分鐘可走完的直線距離，另有北方麵疙瘩或臺式自助餐等，因應越來越多加班晚歸的人口，晚餐時段彈性延長到宵夜時分，讓再晚回家的人都能免於如遊魂般尋覓食物的窘境。

兩點一線的中間，是一家小果汁店，也是外食族經常光顧的地方。由兩位年輕外籍女性經營，雖然說不上一口流利的國語，應付起臺灣各類水果名稱卻不馬虎。果汁價格雖不菲，但對於圖方便的人來說卻是不錯的選擇。有時候會兼賣起切片西瓜，對於家庭人口漸趨單一的都會區而言，紅肉西瓜的分量大得吃不消，往往只能買切好的西瓜盤或切片西瓜打牙祭。還記得曾看過香港藝術家的作品，詮釋著像這樣幾家人分饗一顆西瓜，何嘗又不是一種表面冷漠但仔細想來有些許溫馨的現代風景。

再晚些時候，吃過晚餐或來不及晚餐的人們，被鹽酥雞的爆香吸引，圍聚在餐車前盤算著今晚要吃黑輪還是米血，加辣還是不加辣，蒜與不蒜之間都是掙扎。在這條街上的霸主應該算是「老爹無骨鹽酥雞」了。經歷一次搬遷，主顧客忠心追隨。店主遵照凡物皆炸的原則，每每在深夜召喚一個個嘴饞的靈魂。是啊，一條街，怎能沒有鹽酥雞呢？那樣的街，到了夜深人靜時還有誰能守著一盞昏黃的小燈與一爐熱騰騰的油鍋？還有誰能保證每一個蠢蠢欲動的腸胃，都有一座小山似的味覺堡壘在待命呢？

於是，夜幕低垂後，絡繹不絕的歸人垂著疲憊的肩膀，聞著老闆親切的招呼，外帶即時美味的餐點回家，直到各樓小公寓的燈都逐一亮起，彷彿每個空腹都填飽了，一天才被完成。

絞肉

不知道要煮什麼的時候，就買絞肉。總之先買回去再說。

懶人料理流最怕講究肉品部位的菜色，細瘦肥嫩一概迷糊，更搞不懂博大精深的肉類事先該如何處理。最後常常把肉煮得老而硬，一股子死鹹，或是入不了味。

幸而有絞肉，許多難題都能迷糊過去了。

其中，最讓人著迷的是「鑲肉」料理。我獨鍾茄子鑲肉。長條的茄子切段，剖開紫色肉身，袒露出白的內裡，將混合了洋蔥、蘿蔔等蔬食的絞肉填進切口，再下鍋紅燒至深褐，原本豐滿的茄身起皺軟爛，吸飽醬汁，與肉餡合而為一。趁熱吃，一塊就能嚥下一大碗白飯。其餘的入冰箱，留做幾日的冰鎮小菜，上桌前撒點蔥花或淋香油，滋味從來不減。

若想吃清淡些，做苦瓜封或高麗菜捲，與香菇、紅白蘿蔔、海帶、玉米等鮮甜食材一起燉煮熬湯。趁著不用工作的假日早上備料，睡過午覺後，在陣陣柴魚高湯香味中醒來，掀開鍋蓋，各項食物各顯其色，俱都鮮甜清香，像極了無事平靜的午後。嘴饞地端副碗筷，站在鍋邊，東夾一塊西吃一塊，再喝一碗湯，一不小心就吃飽了。

還可將甜椒、番茄等鮮豔蔬果挖空，填入醃過香料的鑲肉，撒上起司，入烤箱慢烤，也是好。

幾次旅行日本，最懷念的是漢堡排。牛與豬絞肉混合，加入蔬菜丁，甚至是豆腐，拍打捏製成形，慢火細煎，配飯和麵都愉悅。這道由西式料理改良的日式洋食，是一道吃來幸福感十足的料理。醬汁通常鹹中帶甜，加上絞肉代替整塊肉排，較易入口，即使是小孩子和牙口不好的老人也能輕鬆完食。做漢堡排時我會估量家人的胃口，依照食量捏成大、中、小等尺寸，在平底鍋中排開，學習耐心等待煎熟。天冷的時候，鋪上一片起司，吃起來也就更飽足。

事實上，從前我是不愛絞肉，甚至怕吃絞肉。

絞肉能做麵餅、餃類、燉肉燥、炸醬等，但外頭做的為了迎合各種來頭的客人，往往肥瘦摻雜，每不經意吃到肥的那一口，不自覺立即作噁，餘下的便吃得膽戰心驚，怕又誤踩地雷。

母親知道我不愛肥，家裡做的一律只揀瘦肉。年節前，她會上市場肉攤講好價錢，訂下肉一批，請老闆打成絞肉，扛回家按祖母傳授的配方加高粱酒等味調配，灌製成眷村口味的香腸。那幾日起，她便常常往我們南部透天房子的頂樓跑，察看晾在天臺的香腸、臘肉，防著被蟲叮、貓偷食。手中捏著一段段香腸，一邊叨唸著幾條要給嬸嬸家、阿姨家，幾條要給我帶到臺北租屋處吃，再留幾條家裡存著……

除夕的早晨，母親會起油鍋，做絞肉揉獅子頭。照例又是做了一大鍋，幾家幾家的送，忙得油頭油面，雙手也是油呼呼的。待除夕晚餐，加入白菜等做紅燒。

可惜的是，這兩道年年上桌的年菜，我的筷子幾乎不沾。年紀輕的時候，嘴巴嚮往又濃又膩的味道，寧可吃菜市場買來現成的烤鴨，沾椒鹽粉。更討厭母親在廚房裡忙得一身油的樣子，很不體面。

我眼中最不體面的是，她總會將獅子頭推到遠道回程的叔叔面前勸食，直說叔叔曾經稱讚好吃，她便年年都做。叔叔多半會順勢吃幾口，但總看來有點不甘願，故我猜想大概是哪一年隨口說的客套話，但母親認真了。為了這緣故，我就更不願去夾那道獅子頭。餐畢，被夾破的獅子頭，剩下碎伶伶的半顆在冷掉的醬汁裡，軟塌塌的白菜葉襯得淒涼，常讓我越看越有氣，更為她的笨拙感到難為情。

自婚後，每日備晚餐，和Y兩人味蕾逐漸改變。對外食中的歹油惡鹽、纏人舌頭的味精等調味料越來越排斥，遂更嚮往在家開伙。一回，晃進住家附近新開的肉鋪，見老闆正在炸獅子頭，香氣逼人，便買了幾顆回家試做。從此愛上此味。每回隔著鍋蓋看白菜、獅子頭、粉絲、蔥段在鹹香辣汁中翻滾，便想起母親在親戚散去後，隔餐將冰箱中剩下不全的獅子頭加熱，配飯慢慢吃下，一邊不捨的模樣。

母親自幼是大家族中的么女，嫁入夫家做長媳後，萬事從頭學起。在眾親友間，難免有未能盡如人意的時候。天性不擅言詞，不諳處理人際，只能將她對家族的關愛投入在一年一會的團圓飯中，節外生枝的誤會即便有口也因笨拙而難言。

後來，我漸漸意識到，母身如絞肉。

不論是取自身上的哪個部位，曾有過什麼形狀，甚至是最無價值卻棄之可惜的，皆能以暴力絞碎之。因為碎裂至極，更易讓醃料入味；因為放棄自我的形狀，更易入口嚥食；因為在世人眼中不足惜，故價廉，是人人皆可享的美食；又因被千刀萬剮，能加入被挑食的蔬菜，或添入營養的豆腐增量，她平易地接納各物與之融合，且要承受重重拍打，以免經油或熱便散去，而種種犧牲都是為了家人。

適逢寒氣逐漸降訪大地，每晨醒來都能感受到歲末臨近，不覺倍思親。連日來以煮食懷思母親，也學習如何不再堅持完整，體會破碎而後重生的智慧。

乾麵

趁著早市未歇，停好機車，便匆匆鑽入巷內。和真正的婆媽高手相比，這時候來買菜都嫌晚了。準備收攤的老闆將果菜隨意湊做堆，一籃五十一百的隨便喊價，加減賣。我先到麵鋪買細麵，一包六把五十，價錢不比從前了。再到肉攤切腱子肉、絞肉，經過賣魚的瞧見老闆招魂似向我揮揮手，捱過去買兩片虱目魚肚，在旁邊的豆腐攤揀了一袋油豆腐，又到常去的菜店挑選，最要緊的是買到豆芽菜。才一眨眼工夫，兩手已經掛滿，提醒自己得克制點。離開前，想起忘了韭菜，就近在巷口的攤子揀一小把，買貴了。

牽了機車，心不在焉地騎回家，滿腦子淨想著到家後要怎樣怎樣地張羅。

閒來無事時，我和Y經常聊乾麵。特別是高雄的乾麵。

婚後住在這座幾乎是由外地人組成的城市，居然就找不到一家合我們胃口的麵店。要嘛是麵條不對，要嘛是配料不對，最不對的就屬那鍋肉燥，顏色味道通通不對。在我們心中，最正確的是逮到機會就想回去一趟，坐在騎樓面對著寬敞的馬路，肉燥滷成深褐色，最好是麵上擺兩片大骨湯滷的白切肉片，開動前且要淋上一圈烏醋，再拌點岡山豆瓣醬的，那碗乾麵。

為了解饞，不知多少次，買了絞肉自己滷，雖然總是差一點點，都好過住家附近那些四不像的乾麵。這回還打算做得更道地些，試著滷那兩片畫龍點睛的肉片。一進廚房，就先熬高湯。

雖說都是高雄乾麵，我家在偏南的鳳山，Y家則離柴山山腳不遠，我們各自心中的那碗麵，又有些許的不同。

我的第一碗乾麵，是離家只隔了一條稍不留意便會被忽略的小橋那端，朱媽媽乾麵。鳳山地區由於日本時期被選作南進基地，國民政府來臺後，幾所軍校仍留址原處，故有不少早期落腳此處的眷村家庭，或後來相繼出現的軍人家庭。父親在眷村長大，自然選擇從軍的路，軍旅生涯常年駐守外地，母親一人帶著姊姊和我，也就不講究三餐都要開伙。中午時，母親領我們到朱媽媽那吃乾麵。朱家的客廳闢為美容院，一女兒一個人包辦洗、剪、燙髮。若是遇到晚上要吃喜酒，姊姊和我就難得可以坐上美容椅，把頭髮綁得又整齊又紮實，就算睡了兩天也不會壞掉，等到要拆開來洗的時候還痛得哇哇叫，母親對朱二女兒的這門手藝很滿意。朱家的騎樓則擺了幾張桌子，對著路邊架起一口爐子，就是朱媽媽和大女兒賣麵的店面。印象中，母親幾乎都在爐邊和朱媽媽聊天。也難怪她一個人帶著兩個稚齡的孩子整天在家，只有這時候能出來透透氣，找人說話。我總是點乾麵，因此麵攤還賣了什麼絲毫沒有印象。一碗麵的完成，從伸手抓麵條扔進滾沸的鍋裡，再丟一把豆芽配韭菜，漏杓在湯裡攪兩三圈，算準時間馬上撈起。這時候碗裡已經盛好了少許大骨湯、一把鹽、一撮味精，麵填上後，再澆一杓肉燥，前前後後不過三兩分鐘。麵燙，肉燥鹹香，即使我從小就以「壞嘴斗」讓母親頭痛不已，也能三兩分鐘吃個精光。

後來父親自軍職中退伍，找了份大樓管理員的職務餬口，出門工作時連提包都不用帶，只拿了一本書放在摩托車前面的置物籃就成了，不過常常得值夜，倒是挺累人的。我們一家四口只在週日晚上難得外食，多半是到附近菜市場收攤後，租用晚上鋪位的麵攤。傳統市場的黏膩、濡溼，在休市熄燈後的夜間更甚。整座市場裡頭靜悄悄地，只有幾隻貓無聲穿越，空無一物的攤位殘留著白晝躁人的溼氣與菜肉腐敗的熏鼻氣味，每令人暈眩。麵攤在市場口，像是整片黯暗宇宙唯一發光的太空艇，拖曳著身後一片濃黑。老闆叼著菸獨守攤位，一張臉像被浸泡在黑夜的菜市場給染了色，頭上一盞臨時吊掛的日光燈將額頭與鼻頭的油光又照得過亮。爐子邊的砧板亦是深沉的黑褐色，豆干、海帶、滷蛋，皆同色，只有菜刀隨刀鋒起落閃著銀光。摺桌和圓凳當然破舊與髒污，烏醋和豆瓣醬的瓶口堆積陳年污漬，胡椒粉的洞口更是堵塞得險些倒不出來。我們圍著桌邊吞下一碗碗的麵，幾乎無語。那幾年，聽說是臺灣錢淹腳目的好年，偏偏我們家就是搆不上轟然前進的班車，每每拮据度日。父親辭去管理員職務後，轉到工業區當警衛，只是路程更遠，偉士牌摩托車一騎就要一個小時。那裡聽說是帶動高雄繁榮的重要項目，但繁榮這個詞對童年而言太過抽象，直到有一回過傍晚，因為迷路，我們一家人四貼騎著再過幾年就要淘汰的摩托車，還在離家很遠的地方尋路。擠在母親懷裡半夢半醒間，瞧見遼闊的前方突然出現一座座如城堡般雄偉的廠房，燈火輝煌好似夢中的宮殿。當時還不懂得，那通亮燈火燃燒的是高雄人多年的勞苦血汗，更不知那燃燒後排放出來的不只有轉瞬即逝的榮景，還有對健康有害的浮塵。

國中時，已獲得自由外食的機會。家裡不開伙的日子，就捏著母親給的銅板到巷口，依舊是買乾麵。那個攤位早晨賣飯糰三明治，攤主是一樓店面開書局的，那年頭的書局不賣真正的書，只賣參考書、字典和文具。緊鄰攤位的一隅，另租給供水站。晨間的早餐攤，晚間改由一對中年男女擺麵攤。女的身材高䠷，一頭長髮綁馬尾，掩不住的風姿。男的矮小，其貌不揚。從外貌論，兩人實在不搭，不過一起守著攤子，又顯默契十足。他們的麵香，香在拌豬油，卻又不會搶了兩片腱子肉的淡雅鹹味。一碗麵二十元，剩下的錢還能再買杯二十五元的珍珠奶茶當飯後甜點。那時候父親已轉職到連鎖量販店當警衛，每日八小時站在車道入口指揮來車，被迫吸著過多的廢氣，而我們家那時候才好不容易剛從熟人手中分期購入第一臺汽車，勉力過上小康生活。下班後，沉默最能表達父親的疲憊，就如同高雄的水質也在多年的奮鬥與壓榨下，已不堪負荷。一時間高雄地區買水風氣盛行，山間常見盜水者自架的塑料管盤據，又常聞坊間賣的山泉水其實是盜抽地下水。再貴的水，都有人賣，但不是人人喝得起。尋常家庭沒有能力求證水的來源，只能盲目跟風，我們添購兩只二十公升的水桶，就跟著人家到處買水。晚餐後，父親總默默地提著水桶到巷口那處供水站，用幾個硬幣換取一家人兩日的飲水以及想像的健康。

幾年間，書局老闆在一個夜裡突然心臟病猝死，沒多久後麵攤收掉，這才聽說這對男女原是恩客與舞女，兩人洗盡前塵為愛走天涯，攤位連同店面易主為鴨肉冬粉，書櫃拆了擺冰櫃放鴨肉。父親也在我高中畢業後轉覓他職，終於能做點辦公室裡的工作，不用再灰頭土臉討生活。昔日熟悉的高雄車站在地下化工程推動下被拆除淨盡，原車站建築暫且移置不遠的空地，等待新站落成後再遷回。一道連結青春回憶的入口就此被封印，進入漫長的蟄伏。

這幾年再回去時，多半和Y同行，他家正好在父親當年辦公室近處。公婆習慣天亮即起，我們睡得較遲，掀開窗簾一角，外頭是高雄飽滿的寧靜與悠閒。起床後到附近菜市場先來一碗保麗龍碗裝的大份量肉燥飯，加上滷三寶——貢丸、海帶、滷蛋，兩人合吃就已半飽。再稍閒晃一會兒，蹉跎著南方大好的晴朗時光，等到十一點鐘，令人期待的古早味乾麵才開張。

細麵，瘦肉為主的醬黑肉燥，點綴性的豆芽與韭菜，是乾麵的基本原形。據說這一款乾麵是俗稱的「外省麵」或「切仔麵」。切仔，是指瀝麵的漏杓，「切」則是滾水汆燙，上下甩動瀝乾之意。乾麵是臺灣各地常民小吃，變化極豐，各種口味都有擁戴者，許或也指涉著一段私人的情感。在這碗樸實的麵裡，撐起了許多家庭的生計，也用最簡單實在的方式餵飽打拚的人們。

煮肉燥時，從來不根據固定配方，我依賴眼、鼻、口，一邊調味一邊回想記憶中的味道，執著地相信唯有此法能召喚已逝的時光。

那日返家後，迫不及待將買到的物料均下鍋滷製，一下午毛毛躁躁期待著，不時偷偷掀開鍋蓋察看。待晚間Ｙ回家後，端上忙了一天的成果。可惜樣子對了，味道還是不對。壞就壞在貪心，想一次吃齊家鄉的滋味，結果滷物的味道過於紊雜，失了單純。但我也知道，下回我仍會不死心地一煮再煮，煮那一碗心中最嚮往的乾麵。

馬康多鎮上來了很多人，認識的不認識的、活著的亡故的、愛過的恨過的、有名字的無名字的，他們來了以後就沒走過，邦迪亞上校這次只好不得不承認他們的存在。

世界就從這裡裂成兩半。

一半無語，一半喧囂。一半是靜止的山，一半是恆動的海。一半是虛擬，一半是真實。

當長子約拿在現實中獲得越來越多裝備時，邦迪亞上校則在虛擬世界裡越來越活躍。

酸白菜

洗米水、大白菜、粗鹽……，筆記本上寫著食材和步驟，便擱置在一旁靜待年底的寒冬到來。

隨著冷氣團一波波逼近，天氣果真冷得讓人直發抖，日子卻一天天被雜務瑣事追著跑，不料仍舊錯過時節，最後還是一缸酸白菜都沒醃成。

醃酸白菜是我們家過年的傳統，從小我一直誤以為家家戶戶都這麼做。以後我才知道，父親的家族來自遙遠的東北地區，戰亂中輾轉落腳在高雄大寮的會社新村，母親雖出生在鳳山舊城區內，嫁做眷村媳婦後才從祖母手中學會各式年菜，其中酸白菜正是傳統菜色之一。

每到年前一個多月，父母會挑個週日的早晨上菜市場，靠著單薄的機車運回兩籮筐的大白菜，白淨的菜葉層層裹覆，像一顆顆肥嫩的白娃娃。到家後，還來不及坐下喘口氣，就開始忙著挑菜葉、洗刷、燙煮等工作。這時候差不多是中午，我照例還在呼呼大睡，大概要等肚子餓了才會醒來草草吃過一餐，接著又躺回床上繼續午覺，從來不曾參與這場盛事。

直等到下午時分我緩緩從房裡拖著一身慵懶下樓，父母才剛剛完工歇息。母親痠麻的雙腳搭在凳子上努努嘴，滿臉得意的炫耀剛做好的兩缸菜，估計到過年前恰好可以開缸，接著便開始數算要分贈的親友若干。也因此，我吃了幾十年酸白菜，卻從來不知道怎麼做。那兩口大缸平日就往透天厝的樓頂囤著，只有年底這段時間會搬下來，上面壓著母親到工地跟人要回家刷洗過的磚頭，且還叮囑不能隨便打開，彷彿藏匿著神聖又不可說的奧祕，又像是終年沉睡的年獸正棲息在缸底，不待時間到來不能隨便吵醒。

酸白菜原是北方雪國為要保存食物過冬的方式，高雄的冬天雖不夠冷，但也足矣。有時候在飯桌上，母親嘴裡叨唸如何撈淨缸裡的浮渣、再過幾天能吃，又擔心酸度不足云云，我也從不放在心上，光顧著貪看電視。

就這樣，直到有一天餐桌上出現酸白菜，便知道再過幾天就真的要過年了。

那幾天，母親忙著將成果分裝數份，讓父親騎車給親友送去，其餘的就往冰箱裡堆。記憶中其數量可觀，從冷藏到冷凍，見有空隙就塞。這麼多的酸白菜，都是父親的寶，天天吃也不厭，這一路要從年前吃到過完元宵都還有剩。

後來，外頭越來越多餐館能吃到，不過多半是煮成酸菜白肉鍋。泛著光澤的白肉、略帶清透的白菜在滾滾白湯裡，酸與肥並濟，瀰漫在溫暖的白色熱氣中，吃的時候沾著米白色的芝麻豆乳醬，是白色的盛宴。

講究一點的，還用炭燒銅鍋。鍋子中間燒燙的高聳煙囪，光用看的就覺得氣派，也就更有團圓的氣氛。

但，天天這樣吃準備起來挺麻煩的，家常的吃法是煮湯。除此之外，父親會將酸白菜剁碎包成餃子，吃起來更方便。不過吃不慣的人，是沒辦法理解散發酸味的餃子，甚至會誤以為是食物腐壞的氣味。還在念書時，每天帶飯盒到學校蒸，好幾次飯盒蓋還沒掀開，班上同學就知道，我家今天又吃酸白菜水餃了。

而最有滋味的做法是把酸白菜切段，用鮮紅小辣椒和醬油爆炒一翻，立時散發陣陣嗆辣味，是記憶中年夜飯爭食的菜色。這樣一盤酸、辣、鹹、香兼具，能配上好幾碗白飯。

在高雄，較具人氣的酸菜白肉鍋發跡地點不出眷村一帶，如大家熟知的左營眷村。另外在一些賣餡餅的店或是特色餐館亦能偶遇。鳳山過去除了有多座眷村外，且聚集了陸軍官校、步兵學校、衛武營、無線電信所等軍事要址，大江南北的美食自然匯聚此地，酸白菜更是不可少。

我們家一直到後來幾年才有機會上館子吃到酸白菜。

那時候父母親逐日因身體各處無來由的痠痛，加之親友四散終將年味亦散去，酸白菜從兩缸減至一缸，遂終於放棄維持數年的醃製，也就更嚮往懷念的口味。每從外地返家，父母帶我到附近的館子吃飯，必點上一爐酸菜白肉鍋。父親反覆盛著熱湯，捧在小碗裡啜飲，彷彿在鍋裡翻湧的酸味與白菜葉層層包覆的暖意不只能驅寒。因此他總會留下半鍋湯，在結帳時請廚房把湯添滿，打包回家，不捨地再煮一回。

母親驟逝後，父親因生病而記憶缺損，我們才赫然發現許多味道再也嚐不到，就連醃菜的缸子也不知道收在哪裡。

但其實我知道自己是不夠有耐性做這些的：那是將時間靜置、發酵，從自然的鮮甜裡轉換成嗆鼻的酸，又在那股子酸裡回憶起深刻的甘甜；那是要守候一缸濃郁的滋味，在最好的時候將它打開，端上桌；要穿過一整個年頭，卸下疲憊與苦澀，還能夠挑揀出值得咀嚼的美好。

而我，終究還在前往最好時刻的過程中。於是儘管有幾次都打定主意要動手做酸白菜，但最後總有各種藉口而作罷。

便當

先洗十杯米，放入電鍋後，接著切菜。

玉米筍、杏鮑菇、高麗菜與大白菜等，這些蔬菜再次加熱後口味與色澤都不減，適合入便當。簡單的香煎肉片、魚片，或是醬炒雞丁、肉絲等，是增加食慾的主菜。荷包蛋、炒蛋、蔥花蛋等，是必不可少的配角。番茄、紅蘿蔔、辣椒，則是用來配色。

便當盒一字排開，依照不同食量鋪上白飯，把各類菜色一一擺排。確定每個飯盒都五顏六色得像珠寶盒般，放涼後，藏入冰箱。

這些飯盒被我稱作戰鬥便當。

我不愛吃便當，在外工作、開會時，如遇用餐時間，寧可吃麵包、飯糰果腹，也不願吃油膩膩的便當。直到旅行日本，才曉得便當的好。

日本百貨公司地下樓層常有熟食街，盛裝好的飯盒擺盤細心，顏色與口味協調得宜，份量精緻吃來無負擔，如果飯後想再吃個甜點都沒問題。最深得我心的是，冷食味道極佳，較之熱食更清爽。而中式菜色多半要趁熱吃，即使做成飯盒也需再次加熱，湯湯水水在小空間裡互推互擠，味道攪和在一塊兒，每次吃來總感到口味雜亂，像含了一嘴五味雜陳的感慨。

據說臺灣鐵路早年搭乘時，車上便當以不鏽鋼飯盒裝盛，對鮮少出遠門的臺灣人來說是夢寐以求的享受。沿途欣賞臺灣景致，搖搖晃晃吃著鐵飯盒，罷了，隨手往座位底下一放，待車行到站後，便有站務人員來收拾。大概是這番經歷太難忘，父親由衷熱愛臺鐵便當。

有一回搭高鐵往北，父親一反平日狼吞虎嚥，一派優閒地慢食臺鐵排骨飯，更多時間則凝望著窗外飛快逝去的景色，如畫般沉浸在行旅的浪漫。我在一旁喊著，快吃，一會兒就到站了。

「不急啦，要慢慢吃才享受嘛。」父親的排骨一口都捨不得吃，原封不動還在飯盒裡。他的記憶也原封不動地停留在臺鐵時代，莒光號已快速得足以讓風景變得模糊，自強號則是少之又少才能搭得起的高檔車次。
「不是才剛過臺南嗎？」父親問。
「早就過臺中了。」我又再次催促。
父親三兩下把排骨吞下肚，「真是可惜，好不容易坐一趟車，要坐久一點才值得啊。」舔舔嘴巴，父親不禁惋惜地說著。
在我們家，便當是在戰鬥時期才出動的。平日裡，還是想吃現煮的食物。戰鬥時期好比我得出遠門時，事先做好整個冰箱的飯盒，讓Y加熱給父親吃。做給父親的飯盒有個特色，就是菜色幾乎一樣。這時候又要感謝失智症，父親不會記得中餐和晚餐吃了什麼，所以一模一樣的飯盒也不會被他嫌棄。在非常忙碌的時候，只好狡猾一些，在這事上偷懶。
最近，父親已住院三個禮拜，每日往返醫院與住家，工作的時間被壓縮得瀕臨極限，只好再次出動戰鬥便當。
趁著假日，一口氣煮十個便當，也努力盡可能稍微變化一點菜色，有時辣有時不辣，有時甜一點有時鹹一點。這是為了讓Y獨自在家育兒時，不用特地出門買吃的，只需用微波爐加熱就可即食。

再趁著煮每道菜之間的空檔，把特地攢下來的菜料切碎，丟入食物攪拌器打碎，和入稀飯裡煮成粥。等便當盒做好，粥也放涼了，裝入特殊容器中，作為孩子接下來一週的副食品。

而空檔的空檔，則用來洗衣、掃地，每一分每一秒都被善加利用。就像自家做的飯盒總是會太過，裝了主菜、配菜後，會忍不住再多放一口青菜、多擺一片肉。而冰箱是時光機，珍藏了這份過盛的心意，期待飯盒再次被打開加熱時，能讓吃的人感受到。

週末，在不間斷地洗、切、煮中度過，假日的時光彷彿也被洗、切、煮成另一種味道，填入四四方方的生活裡。

入院的那晚，臨時找到來自印尼的看護阿富幫忙。阿富是二十多歲的年輕女孩，但長久以來照顧長輩，手腳俐落，把父親哄得服服貼貼的。隔壁兩床的看護，碰巧都是印尼女孩。位於山坡旁的病房貌似女子部屋，三個女孩一邊用家鄉話吱吱喳喳談天，一邊熟練地替「玩偶」梳洗更衣，熱鬧極了。對面床的女孩經常盯著手機追劇，笑得合不攏嘴，同時也不忘起身照顧臥床的阿公，有時唱歌給阿公聽。家屬來的時候，女孩會退到一邊去，病房反而靜得像冬天的森林，歌聲好似長了翅膀的鳥兒，都飛走了。

奇怪的是，雖然每間病房都有鳥兒般的外籍看護，醫院的餐廳卻幾乎不見她們身影。臨床的女孩兒吃不慣醫院清淡的伙食，經常從櫃子裡拿出自備的辣椒淋在飯上，吃得香辣過癮，再或者是掏出一袋滷得極透的雞爪配飯。阿富則是趁父親小睡時外出買吃食，黃色的米飯配上香料濃郁的肉塊，任誰看了都想嘗嘗看。

今天出門前，我又煮了十個便當，看著Y餵孩子吃飯，才放心出門。每次煮完飯盒都很有成就感，但是隨著星期一、星期二、星期三……一天天過去，冰箱裡越來越空，好像有什麼重要的東西在不知不覺中被吃進肚子裡，卻又好像沒發生什麼事情，只是默默地排泄掉，消失了。

難道一點一滴老去就是這種感覺嗎？

從家裡到醫院的路程很遠，包裡一定要放一本書，路上才不會無聊。轉眼間，已經看完了八本書。從醫院回到家裡看見孩子，好似時空旅人穿越了七十三年的光陰，眼前皺巴巴的身體與臉孔，又回復成剛出生的嬰孩模樣。

住院數週，父親對醫院的餐點提不起興趣。為了哄他多吃幾口才有體力復健，我常到醫院對街的小攤買韭菜盒子。小攤的旁邊是更多小攤，延伸成一條長長的美食街，賣各種小吃，似乎每個人都能在這裡找到家鄉的味道。父親已不記得和我同住的事，當然也不記得我替他煮的飯盒。

他甚至把自己的母親和我的母親搞混，在談話間停頓，歪頭想著到底誰是誰。有時候會突然卸下父親的堅強姿態，向我撒嬌。家族中的女性在記憶被粉碎與攪拌後，拼貼成同一個「媽媽」，有如《百年孤寂》中永遠的母親易家蘭，擁有堅強的母性。

有時候，護士來巡房時，慣例會問病人，「你叫什麼名字？」

「歐巴馬。」父親隨口胡謅，護士也習慣了。大概哪天父親正經八百回答出自己的名字，才是反常。儘管大半輩子的記憶都忘了，還是不忘搞笑。是這樣的父親啊。

他老邁的身形越來越消瘦，失去彈性的皮膚底下是乾巴巴的肉和骨，肌肉一點一滴正在流失，經常全身硬邦邦地蜷在床上。每次到醫院，我把鞋子脫了就往父親身邊躺，填滿另外半邊床。有時候躺在他旁邊看書，有時候陪他唱梁祝，是一九六三年由邵氏電影製作的經典老片，那年父親正值血氣方剛的十八歲。〈訪英臺〉的旋律在白色牆壁與消毒水味道之間迴盪，唱著唱著他就想起自己的祝英臺。

「爸，老了是不是很麻煩？」我歪頭問躺在旁邊的父親。

「對。」他閉著眼睛回答。

在永夜的星際間漂流十天後，最後從方舟上下來的，有一對駱駝、一對百靈鳥和愛子撒慕爾。

撒慕爾將退去的洪水收入瓶中，成為馬康多鎮解渴的井水和最後的淚水。

他還把邦迪亞上校的第七隻小金魚放入瓶中。說也奇怪，原本沉甸甸的金魚竟活了起來。

後記

距離最初動筆寫下這些文字，我已經歷了兩次生育，每日忙得不可開交。經常有人問我，累嗎？忙，但是不累。因為比起照顧父親，兩個孩子和其他的事情都不算什麼。我想這是許多長照家屬的共同心聲。

即使已隔一段時日，再回頭細讀這些充滿眼淚的章節時，想起那段時間的煎熬以及至今不下的自責，仍會不禁痛哭失聲。

我的家人都有積物癖，照片、證書、紀念品、舊衣等，無法一一細數的雜物填滿兒時的家。一邊寫下這些記憶時，我一邊經歷喪母、父病與隨即而來必須割捨下的老家種種，過程中充滿一再拋棄。在那個當下，憑著本能使我知道唯有拋棄，才能讓名之為家的方舟不至沉船。

是的，我親手拋下了家人積存了四十年的什物，逃難一般把父親帶離那裡。那時我催眠自己，如經上所記，「耶和華對亞伯蘭說：『你要離開本地、本族、父家，往我所要指示你的地去。我必叫你成為大國。我必賜福給你，叫你的名為大。你也要叫別人得福。』」以此，為我當初拋下家人贖罪，和父親生活的日子雖不長，雖心力交瘁，但我卻得以有機會在成為母親前修復原本破碎的親子關係，得到人生的至福。就如安東尼·聖修伯里所說，「世上只有一種真正的奢侈，那就是人與人的關係。」

並且，我將拋下的、帶不走的、漸漸遺忘的，積物癖般地寫下，在紙上重新打造了一座專屬於我的記憶家園。

認識的朋友都知道父親病後，我以馬奎斯著名小說《百年孤寂》中的人物「邦迪亞上校」來稱呼他。起因於他失智後記憶有如跳針，每隔幾分鐘對話便重開機一次，是以我們的生活像在原地打轉，猶如書中的邦迪亞上校晚年時重複鎔金打造小金魚。

而再次回望已過去的日子，赫然發現，或許我才是藉由不斷書寫，將紊亂的情感鍛造成一尾尾小金魚，但因為記憶總難真確，傷痛總難平復，只好一再將其鎔化，重新再鑄，並且將牠們放游於記憶之河的那位「邦迪亞上校」。

AKP 0299

傍晚五點十五分

作　者——夏夏
執行主編——羅珊珊
校　對——吳如惠、羅珊珊、夏　夏
美術設計——朱疋
行銷企劃——王小樨

總編輯——胡金倫
董事長——趙政岷
出版者——時報文化出版企業股份有限公司
108019台北市和平西路三段二四〇號四樓
發行專線——(〇二)二三〇六六八四二
讀者服務專線——〇八〇〇二三一七〇五　(〇二)二三〇四六八五八
讀者服務傳真——(〇二)二三〇四六八五八
郵撥——一九三四四七二四時報文化出版公司
信箱——10899台北華江橋郵局第九九信箱
時報悅讀網——http://www.readingtimes.com.tw
思潮線臉書——https://www.facebook.com/trendage/
時報出版愛讀者——http://www.facebook.com/readingtimes.fans
法律顧問——理律法律事務所　陳長文律師、李念祖律師
印　刷——勁達印刷有限公司
初版一刷——二〇二〇年四月二十四日
定　價——新台幣三三〇元
(缺頁或破損的書，請寄回更換)

時報文化出版公司成立於一九七五年，
並於一九九九年股票上櫃公開發行，於二〇〇八年脫離中時集團非屬旺中，
以「尊重智慧與創意的文化事業」為信念。

傍晚五點十五分 /
夏夏著. – 初版. – 臺北市：時報文化, 2020.05
面；　公分

ISBN 978-957-13-8181-7(平裝)

863.55
109004836

ISBN 978-957-13-8181-7
Printed in Taiwan